KB237391

늙은 새들의 거처

정성수 시집

청어

늙은 새들의 거처

정성수 지음

발행처 · 도서출판 **청어**
발행인 · 이영철
기　획 · 손영국 | 이동호
영　업 · 이진수
편　집 · 설근영
디자인 · 오주연

등　록 · 1999년 5월 3일(제22-1541호)

1판 1쇄 인쇄 · 2006년 10월 9일
1판 1쇄 발행 · 2006년 10월 14일

주소 · 서울시 서초구 서초동 1588-1 신성빌딩 A동 412호
대표전화 · 586-0477
팩시밀리 · 586-0478

E-mail · ppi20@hanmail.net
ISBN · 89-89232-92-9　(03810)

늙은 새들의 거처

늙은 새들의 거처

너는 오늘 밤에도 꿈꿀 일이 있어서 잠을 자니.
어제 밤에도 나는 별 볼일이 없어서 시를 썼다.

새벽닭 홰칠 때까지
책상 앞에 쭈그리고 앉아 있었다.
읽을수록 詩詩한 詩 한 편을 위해서

내 빛나는 운명은 시를 만난 것이고
무릎 꿇었던 내 영혼이 다시 일어설 수 있었던 것은
내 곁에 시가 있었기 때문이다.

참으로 오랫동안 시에 매달려 왔다.
그 시들을 가만히 쥐어보면
모래알처럼 손가락 사이로 빠져 나간다
그런 일들이 쓰잘데기 없는 짓이라고 너는 웃지만
어쩔 수 없이 또 시를 따라간다.

가을 밤 깊어지면 나는 철이 들는지
별들에게 묻는다.

너는 어제 밤에도 꿈꿀 일이 있어서 잠을 잤니.
오늘 밤에도 나는 별 볼일이 없어서 시를 쓴다.

깊어가는 가을밤에 정호승

| contents |

1부

春 얼음장 아래로부터 오는 환희

2부

夏 강가에서 부는 바람

3부

秋 하늘이 주신 축복, 가을

4부

冬 겨울밤, 함께 있어도 외롭다

늙은 새들의 거처

春 얼음장 아래로부터 오는 환희

봄이 올 것 같은 생각이 창문 넘어 산을 본다.
산과 그 아래, 마을에도 봄이 오는지 저녁연기 피어오른다.
봄은 그렇게 소리 없이 내 가슴에 온다.
그대여!
지금, 그대 가슴에도 봄이 오고 있는가.

늙은 새들의 거처

천국

머리에
무거운 짐을 이고
양손에는
보따리를 들고 가는
엄마의 등에서 곤히 잠든
어린 아이에게서 보았다.

에미를 잡아먹고서
몸 불려 가는
살모사 새끼에게서 보았다.

너의 고통이 나의 기쁨이 될 수 있다는 것을.
나의 죽음이 너의 천국이 될 수 있다는 것을.

풍경 하나

담장 넘어 목련 꽃그늘 흐드러지게
고여 있는 마당.
꽃다운 처녀가 목련 아래
우물가에서 양치질을 한다.
입 안 가득, 봄이 하얗게 차오르면
목련을 삼키는지
하늘을 삼키는지
뒤로 젖힌 가슴이 풍선처럼 부풀어 오르는 집.

대문 밖에는 총각 우체부
한참을 기웃거리다 속터진다는 듯
편지요~ 빈소리 치면
토방 아래 흰둥이가 봄을 늘여
게으른 기지개를 켜고
빨간 자전거 방울소리 안타깝게
사라져 가는 고샅을 밝히는
목련의 뼈있는 한 마디.
야, 이놈들아, 너희가
시치미를 떼면 누가 모를 줄 알고
하는 짓거리를 보면
나는 안다. 다 안다며 웃는 이마가 환하다.

돌멩이

길가의 돌멩이를 본다.
흙먼지를 뒤집어쓴 것을 보니
아무에게도
눈길조차 받지 못했나 보다.
때로는 누군가의 발길에 채였을 것이다.
가슴에 시퍼런 멍
들었을 것이다.
이리 채이고 저리 채이면서
아프다는 불평조차 하지 않는다.
어떤 날은 오히려
차고 가는 발끝들이 아플까봐
비켜 서기도 한다.
돌멩이는
언젠가는 가난한 집 기둥 아래 엎드려
가난을 이겨낼 것이고
언젠가는 부잣집 담벼락이 되어
밤이면 별을 보며 도둑을 지킬 것이라고 꿈꾸는
저 돌멩이.

심씨 할아버지

온천으로 봄나들이를 갔다. 홀애비 심씨 할아버지는
점심을 걸게 먹고 반주도 몇 잔 했다.
뜨거운 탕 안으로 들어가면서 지난 날들은 모두 헛것이라고
천정에 새겨두고 얼굴이 하얗게 질리더니
두 다리를 쭉 뻗었다. 그리고는 그 길로 입산을 했다.
어떤 아낙은 고생도 징글징글하게 하더니 잘 가셨다고 조문을 했고
이웃집 늙은 백과부는 아직은 짱짱한데 아깝다며 눈물을 찔끔거렸다.
심씨 할아버지는 이 골목 저 골목에서 공병을 줍거나
장덕사 허드렛일이 없을 때는 뒤뜰의 잡초를 뜯어주고
몇 푼이라도 생기면 소주 두 병에 과자 한 봉지를 사들고
양로당으로 연심 헛기침을 해대며 들어서곤 했다.
그 나마 공치고 돌아오는 저녁에는 전기밥통 속
차돌 같은 밥 한 덩이를 라면에 말아 허기를 때우기도 하였다.
밥해 먹고 청소하고 빨래에 이골이 난 심씨 할아버지.
이불을 끌어당겨 잠을 청하는 그 순간이 그렇게 좋을 수가 없다더니
꽃 지천으로 핀 봄날, 꽃을 끌어당겨 이마를 덮은 것이다.
꽃이 되기 위해 휘적휘적 산으로 간 것이다.

죽순

한 끼의 반찬이나 할 요량으로 죽순을 뽑았다.
잡은 손을 뿌리친다. 땅속으로 자꾸만
짧은 마디들이 긴 뿌리에 연결되어 있을 줄이야.
뿌리가 죽순을
그렇게 쉽게는 내 줄 수 없다고 막무가낸다.
모르는 사람들이 비온 뒤 죽순이라고 함부로 말한다며
죽순 하나 키워내는 일이 어디
손바닥 뒤집기냐고 바짝 웅켜쥔다.
캄캄한 곳에서 어둠을 참아 낸 죽순이
뿌리의 보이지 않는 아픔이라는 것을 나는
오랫동안 잊고 있었다.
대나무가 숲을 이루고 바람을 이겨내는 원천은
죽순의 짧은 마디에서 나온다.
마디마다 고통이 없는 죽순은 왕대가 될 수 없고
뿌리 없는 대나무는 이 세상 어디에도 없다.
삶도 많은 마디를 만들어가며
뿌리를 따라 청청한 대나무로 커가는 것이다.

주지스님에게 묻다

내장사
주지스님에게 물었다.
도대체
인생이 뭔가요.
한 참을 생각하더니
겨우 한다는 말씀이
내가 묻고 싶은 말이라네.

머릿속을 꽉 메운
생각에도
크기가 있고
가슴 한 켠을 짓누르는
마음에도
무게가 있어.

길이 다하는 곳에서
문득
뒤를 돌아보니
황량한 길 하나 있었다.

일출

솟는 해가
이 세상을 다 못 덮으랴.
백만 화공을 불러
천만 번 붓을 놀려 채색을 해도
다 칠하지 못할
저 광배로운 황금빛 아침의 문.
우주의 알집이 터져 쏟아내는
핏빛 생의 시작은
저리도 환희로운가.
저것은 삶의 무대로의 입장
막이 열리면 눈부신 조명 아래서
나도
패 한 번 잡아볼 일일세.
한 생이 지나는 동안
해 하나 가슴에 담을 때
일출이 찬란한 줄
오늘 알았네.
신 새벽 저 광휘로운 행보.

화가 花歌

꽃집에 들렀다.
주인 아가씨 보다 더 예쁜 꽃들이 반긴다.
꽃 한 다발을 가슴에 안으며
생각했다.
여기까지 오느라 얼마나
고생이 많았을까. 꽃이 피기까지
얼마나 고통이 컸을까.

상처에 절망하면서 꽃은 피었다
수고를 참아 낸 날들이 꽃이 되었다
멍든 가슴마다
힘든 두 팔마다
가득가득 안기여라. 꽃이여.

아가야, 울지 말고 이 꽃을 봐라.
바람에 온 몸을 맡겨야
꺾이지 않는다는 것을 알고 있는 꽃은
가장 낮은 곳에 피어서 가장 멀리
향기로 흩어진단다.

고통 없이 피는 꽃이 어디 있으랴.
뿌리 없이 서는 꽃이 어디 있으랴.

편견이라는 안경

비바람, 천둥번개 거세게 휘몰아치던
어느 여름밤
밤새 걱정의 끈을 잡고 잠 설치다가
아침, 득달같이
뒷밭 비닐하우스에 나가보니
아무 일도 없었다며
토마토는 알알이 다소곳하다.

아, 부끄러워라.
편견이란 얼마나 어리석은가.

편견은 안경 같아서
안경알의 색깔에 따라서 세상이
빨갛게도 파랗게도
보이는구나.
긍정의 안경을 끼고 보면 긍정적으로.
부정의 안경을 끼고 보면 부정적으로.

지금도, 생각하면 생각할수록
기우의 그 여름밤이 못내 편협했다.

가불

점심 식사를 느긋이 하고
직원들이 사무실에 모여 한담을 하고 있었다.
김 계장이 신문을 보더니 갑자기
로또복권 일등에 당첨된다면 돈을
어떻게 쓸 것이냐고 제법 진지하게 물었다.

박 부장은
곰발바닥 요리를 먹으면서
어디다 투자를 할 것인지 대머리를 굴리면서
조곤조곤 생각하고 있었다.
김 과장은
우선 은행 대출금을 갚고
한 육십 평 쯤 되는 아파트에 외제차를 구입해서
회사 앞 단란주점 오양을 싣고
경부고속도로를 호기 있게 달리고 있었다.
신참 미스 박은
복지 시설이나 불우이웃 돕기에 몇 억쯤 기부하고
야경이 바라보이는 찻집에서
내 사랑과 음악을 들으며 커피 한 잔을 마시는
여유를 퍼든다.

그들은 지금, 로또복권의 기쁨을 가불하고 있었다.

개망초꽃

개망초꽃 피었네.
엄마의 무덤가에
서럽게 피었네. 흔들리며 피었네.

우리 엄마 속상할 때
바라보던 꽃.
앞치마로 눈물 훔칠 때
얼굴을 묻고 안겨 오던 꽃.

팔·구월 들판 허드레 땅에
여기저기 피었네. 많이도 피었네.
지천으로 피어서 더욱 서러워

엄마가 보고 싶어 소리쳐 부르면
밤하늘 별처럼 하나 둘 돋아나
반짝이는 꽃.
내 가슴에 꽃물로 번져
밤새도록 슬픈 꽃.

개망초꽃 피었네.
엄마의 무덤가에
눈 시리게 피었네. 하얗게 피었네.

희망

새우처럼 몸 작을지라도
고래 같은 희망을 갖으라고
쉽게 말하지는 않겠네.
새우잠을 자면서
고래 꿈을 꾸는 게 마음대로 되나.
꿈이라도 야무져야 한다고?
너는 말하지만
본디 씨알머리가 작은데 크게 되라니.
될성부른 나무는
떡잎부터 알아본다는 옛말
옳은 말씀이지. 하지만
희망봉은 왜
망망대해에 떠 있어어야만 하는지
신기루에게 물어보게.
뒤숭숭한 꿈자리에서 아침 해가 돋고
아침 눈뜬 그 축복으로 하루를 살게나.
어디 희망 없는 인생이 있으며
빛나지 않은 꿈이 있겠나.
어두운 구멍에도 햇살이 들고
큰바람이 쓸고 간 하늘이 더 맑다네.

견해차

25

결국 내려올 것을
올라가기는 뭐 하러 힘들게
올라가느냐고
김 부장이
주말 등산을 간다는 박 과장에게
한심하다는 듯이 한 마디했다.

잡힐지 안 잡힐지도 모르는
낚시를 하다니 그것도
쭈그리고 앉아 줄담배를 피워가며
박 과장은
오늘 밤 낚시대회에 간다는
김 부장을 비웃으며 속으로 말했다.

견해차라는 간격이 넓으면 넓을수록
비난의 화살이 되어 깊은 상처를 낸다.

어떤 여름 날, 오후

당췌 실랑이는 끝날 기미가 보이지 않았다.
시어머니가 한 됫박쯤 되는 풋고추를
검은 비닐봉지에 싸서 며느리 손에 쥐어주며
애비가 엄청 좋아하는 것이니까
멸치를 대가리 채 넣고 간간하게 쫄여주면
밥 두 그릇은 거뜬하다며
젊은 놈은 밥 힘이 제일이라고 한다.

눈썹 문신을 하고 가슴에 뽕까지 넣은 며느리는
아파트 앞에 가면 이런 것들은
산더미같이 쌓여 있다며 자꾸만 밀어낸다.
기지고가라는 시어머니와
싫다는 며느리의 지루한 싸움이 계속되고 있는데
손자 놈은 옆에 서서
아이스크림이 녹아내리는 것도 모르고
두 사람을 번갈아 보며
참으로 이상하다는 듯이 눈망울을 굴린다.

턱 밑으로 흐르는 땀을 손등으로 연신 훑어내는 시어머니와
양산을 받쳐 든 며느리의 햇빛 쨍쨍한 여름날 오후.
대문 앞 미루나무에서는 매미의 울음소리가 찢어지게 크다.

도마와 칼

도마는 칼에게 몸을 내주면서
상처를 받는다.

술에 젖어
머리가 욱신거리는 새벽.
꿈결인 듯 생시인 듯
부엌에서 어머니가
가슴에 상처를 내는 소리가 들렸다.

그렇게, 칼은
수 없이
도마의 가슴에 상처를 내면서
날을 세워
칼이 되어 갔다.

가죽 구두

천근 멍에를 내려놓은 밤에도 꿈을 꾸었다. 소는
금방이라도 쫙 벌어질 것 같은 엉덩이와
윤기 나는 털을 거울에 비쳐보기도 하고
밤하늘 별을 보면서
잘 생긴 황소를 만나 시집을 가는 것이었다.
그러나, 어느 날
영문도 모르는 채 정육점 소씨에게 끌려갔다.
백정 소씨가 코뚜레를 풀었다. 순간
나는 죄가 없다고 나는 아니라고 소리쳤지만
소씨는 귀가 먹었는지 귀를 막았는지 소귀에 경 읽기였다.
소씨는 백정답게 소의 입을 귀밑까지 찢어 벌리더니
호수를 목구멍 깊숙이 쑤셔 박고 물을 먹이기 시작했다.
큰 눈이 더 커지고 살려달라고 소리치면 칠수록
소씨는 한 근의 고기를 생각했고 소는 죽음을 생각했다.
껍데기가 벗겨지고 살은 살대로 뼈는 뼈대로
난도질을 당하고 추려지면서 소의 꿈은 분해되어 갔다.
그것이 지금까지 소가 똥줄이 빠지도록 일한 대가였다.
소의 일생은 그렇게 한 켤레의 가죽구두가 되었다.
그 가죽구두는 오늘도 꼭두새벽부터
일터로 나가기 위해서 앞다리에 힘을 준다.

선악과 1 - 남과 여

사과나무에서 사과 하나가 땅으로
툭 떨어졌다.
더 이상 익을 필요가 없으니 지상에 내려와
새싹을 틔워야 한다는
여호와의 말씀에 쑥스럽게 웃으면서.

구멍 속 사탄이 어젯밤
하와를 사과나무 아래를 꾀어내어
밤새도록 사과나무를 흔들어댔다는 것을
별들도 다 알고 있는데
사과는 저만 모르고 있었다.

그 때, 여호와의 노여움을 사
사과는 아담스 애플이 되어
남자는
목소리를 낼 때마다 죗값으로
땀 흘려 가족을 부양해야 했으니
여자는
남편을 섬기며 아담스 애플을 움켜잡고
산고를 겪어야 했으니.

선악과 2 - 원죄

선악과 주렁한
에덴동산에 하느님의 말씀이 들려왔다.
누구든지
에덴동산의 사과나무에 절대로
손을 대지 말라.

어디 죄 없이 꽃을 피울 수 있는가.
어디 죄 없이 밥그릇 채울 수 있는가.

목에 걸린 사과는
아담의 이마에서 수고의 땀으로 짜게 흐르고
뱃속에 남은 사과는
이브의 다리 사이에서 해산의 고통을 낳고

오늘 밤도 나는
벌레 먹은 사과 하나 우적우적 씹어 삼킨 채
검은 죄를 짓는다.
그리하여
무화과 한 잎으로 부끄러운 데를 가리고
지난겨울 내린
순백의 눈 위를 죄를 업고 죄를 지워가며
밤새도록 눈길을 걸어야 한다.

꼴뚜기

내가 여기까지 온 것은
내 의지와는 상관이 없고 순전히 그 놈들의 농간이었다고
믿고 있었다. 꼴뚜기는
뱃전을 때리는 풍랑을 견디지 못하고 어물전까지 왔다.
여기 와서도 어물전 망신을 시킨다고
생선들이 떼거리로 괄시를 하는 바람에 영 죽을 맛이다.
그래도 한 가지 믿는 구멍은 어물전 주인의 말이다.
며칠만, 참고 견디면 해동을 할 것이고
봄날이 오면 어느 한정식집 요리상이나 포장마차의
나무젓가락에 걸터앉게 될 것이라는 위로의 말이다.
솔직히 꼴뚜기는 뱃속이 거북한 것이다.
먹은 것을 아무 데나 시커멓게 토할 수도 없고 그렇다고
버티고 있자니 고통이 이만저만이 아니다.
잘못되면 따따볼로 매를 맞는 것은
볼을 보듯 뻔하기 때문이다.
요즘 꼴뚜기는 어물전의 하루가 바다 속의 백년보다 길다.
재수 없는 놈만 더럽게 걸려든 것이라고 생각하고 있었다.
꼴뚜기는

장도리

이마가 터지도록
못의 머리를 쳐댄다는 것
그것은 사랑이라고 했다.
내 이마가 깨져
너의 가슴에 구멍 뚫리는 소리가 날 때
사랑은
그런 것이라고
스스로 위로하던 장도리는
너의 고통이 나의 상처가 될 수 있다는 것을
못의 고통이 크면 클수록 구멍은 깊어져
선혈 같은 쇳소리를 낸다는 것을
나의 아픔보다 너의 아픔을 덜어내는 일에
마음을 둬야 한다는 것을
뒤통수가 땡기도록
박은 못을 빼면서 알았다.

심봉사에게 길을 묻다

산 벚꽃 희게 핀 산 말랭이를 까 뭉기겠다고
천년 물안개 피는 푸른 방죽을 불도저로 밀어버리겠다고
팔을 걷어붙이는 사람들은 알아야 한다. 지금
하고 있는 짓거리가 뭐하는 짓거리인지
하늘의 노여움이 어떤 것인지 확실하게 알아야 한다.

죄 많은 인간들이 불칼을 맞고 절벽 같은 생을 얻어
더듬더듬 살아갈 때 캄캄한 세상이 어떤 것인지
더듬어 가는 길이 얼마나 먼지를 아는 심봉사에게
길을 물어라. 그게 인간이 가야 할 길인지.
그렇게 사는 일이 바르게 사는 일인지.

새는 하늘에서 살고 사람은 엎드려 땅을 파면서
수고의 땀을 씻을 때 하늘과 땅은 청정한 것.
자연 보호는 머릿속에 있는 것이 아니라
손끝에 있다는 것을 모르는 사람들은
길을 나서기 전에 먼저 심봉사에게 길을 물어야 한다.

빈집

탱자나무 흰 꽃이 서럽다.
어젯밤에도 마당에 달빛이 가득 고였지만
장닭 새벽을 여는 소리 들리지 않고
이웃으로 열어놓은 아침 귀, 먹은 지 오래이다.
집주인은 들판에 씨를 뿌리러 나갔는지
오일장 장판에서 한 잔 술에 취해
돌아오는 길을 잃었는지
마을 입구에는 재개발지구라는 푯말이
두 눈을 부릅뜨고 접근하지 말라고 한다.
양철대문에는 삐걱거리는 바람소리에도
철거대상이라는 붉은 글씨가 선명하다.
주인을 기다리던 흰둥이의 게으른 하품마저
사철탕 집으로 끌려가서 도회지 사람들 몇몇
보신을 시키고 깊어진 개밥그릇이
하루종일 봄을 지키는 마당.
감나무가 대문 넘어 고샅 쪽으로 작년보다
더 많은 잎사귀를 피워내고 있다.
포클레인이 비좁은 골목을 어깨로 밀어붙이며
개 이빨을 내놓고 으르렁거리며 다가오면
꽃이 못된 것들은 죄다 뽑혀나가는 집.

똥 1 - 알 수가 없네

풋고추 된장에 푹 찍어서
보리밥 한 그릇을 뚝딱 해치웠을 때나
으리비까한 한정식에서
폭탄주로 알딸딸해진 어젯밤이나
왜
똥색은 같은지
알 수가 없네. 냄새라도 달라야지
그걸 알고 싶어서
해가 뜰 때 집을 나선 사람들
어두워지는데

지금쯤
어느 길가 숲속에서
똥을 누고 있는지
주위를 두리번거리며 코를 싸잡고
울고 있는지 알 수가 없네.

똥 2 - 낙화

떨어지는 꽃이다. 똥이
단애의 절벽 아래로 떨어지면서도
두려워하지 않는 것은
굴속 같은 창자를 빠져나오는 동안
삶이 치열했기 때문이다.
추락해 본 사람은 안다. 바닥으로 떨어질 때
얼마나 아찔한지
저 밑바닥은 얼마나 춥고 외로운지

똥 같은 세상에서 똥이
나뭇가지에 열리면 한 끼의 식사가 되고
똥이 꽃잎에 젖으면 꽃 같은 세상이다.
세상의 입구에서
출구까지 길이 멀다는 것도
그 길이 있어 삶을 포기하지 않는다는 것도
똥은 알고 있다.
떨어지는 것들은 꽃이다.

내 똥은 구리지 않고 구린 것은 다 네 똥이다.

똥 3 - 해우소에서 별을 보다

아랫배가 틀어
정신없이 허리띠를 풀고
바르게 조준을 했다.
뒤에서 구린내가 난다는 것
알고 있었다.
뒤를 깨끗이 살지 않은 까닭이라는 것을

밑을 보니
족히 두 길은 되겠는데
아득하다, 똥 떨어지는 소리.
초저녁
새가 알을 까는지
둔탁한 산울림
보다도 더 큰 똥덩어리
떨어져 나가는 소리.
오욕을 쏟아내고 나니 몸이
극락에 가 있다.

해우소에 쪼그리고 앉아
턱을 괴고
별을 보고 있는 부처.

똥 4 - 돈은 똥이다

돈을
긁어모아 본 적이 없다. 그것은
갈퀴를 모르기 때문이다.
아니, 자루라도 하나 가졌더라면
나도 한 번
배가 터지도록 담았을 것이다.
수중의 겨우 손바닥만 한 지갑조차
채워본 적이 없다.

돈을 펑펑 써본 적이 없다. 그것은
목구멍을 막기에도 바빴기 때문이다.
아니, 돈다발이 있었더라면
나도 한 번
한 쪽 다리를 들고 개폼을 잡았을 것이다.

박노인이 말했다.
"이 놈들아. 돈돈하면 돌아.
돌아도 좋아?"
옆에서 김노인이 받아친다.
"돈은 똥이다.
느그덜, 똥을 먹을래.
아나. 똥"

똥 5 - 욕

한 번 퍼 내지르고 싶다. 조또모르는 새끼들.
더러워서 똥을 눈다. 측간에서
홀로 배설한다는 것, 얼마나 거룩한 일이냐.
세상에는 쓸어내야 할 것들이 많은데
정치한답시고 큰소리 뻥뻥치는 놈들. 학문 팔아먹는
양심불량한 놈들. 받아먹고 입 쏙 닦는 음흉한 놈들.
사기치고 낄낄대는 간 큰 놈들, 그것도
성성한 눈이라고 성만 찾아다니는 놈들, 뒤에 또 놈들,
모두 도둑놈들. 뒤 구린 놈들. 다 쓸어다
멀리 갈 것도 없이 군산 앞바다에 버리면 고기밥이다.
수출이다. 퇴출이다. 그러면
이 땅에는 가슴 투명한 사람들 몇만 남을 것이고
머릿속 군시럽지 않은 사람들 얼굴에는
웃음꽃이 필 것이다. 무궁화도 따라서 필 것이다.
삼천리 꽃강산에 쭈그리고 앉아 퍼내지느라 욕본다고
그 새끼 욕본다고 욕하지 마라, 지금
똥을 누는 게 아니라 놈들을
확실하게 세상 밖으로 밀어내고 있다. 조또모르는 새끼들,

전지

웃자란 나뭇가지를 짤라 내면서
머뭇거린다. 나뭇가지 하나도
붉은 열매의 피붙이였다.
나뭇가지 끝에 걸린 초승달은
늙은 새들의 거처였다.
노루꼬리 같은 늦가을
짧은 해. 옷소매로 기어들어
삭풍처럼 사납다.

짤려나간 자리마다
밤하늘 별들이 내려와 밤새
바람소리를 낸다.
그런 날이면 어김없이
온 삭신이 쑤셔오고
흔적 없이 사라진 것들을
생각하는 밤은
가위눌려 헛가위질만 하고 있었다.

굴비

영광에서 왔다고 원래 고향은
칠산도 앞 바다라고
잔뜩 폼을 잡고 좌판에 누워 있는
굴비.
한 두름에 오만원이면 거저라고 한다.
주인여자는
알배기란 말도 못 들어 봤느냐며 이것이
바로 그 유명한 황금 굴비라고
금가락지를 낀 손으로 들어 보인다.
누리끼리한 것이 어째 중국산 냄새가 나
송곳눈으로 뱃가죽을 찔러보니 분명
채색한 것이 역력하다.
비닐이 죄다 떨어져 나간 것도
몸뻬 바지를 입은 주인 여자를 닮았다.
국산이라고
아니면 이 손가락에 장을 지지겠다고
대가리만으로도 밥 두 그릇은
문제없다고 문제 많은 세상을 우습게 말할 적마다
선운사 동백꽃이 뚜욱 뚝 떨어져
땅바닥을 핏물 들이는 4월.
꽃지는 풍경에 귀 기울이면 죽음은
엄청 깜깜하겠다, 굴비의 열반.

달팽이

달팽이가 기어간다. 느릿느릿
짠하다고 하는 생각이 내 발길을 붙잡는데
자세히 보니
느리게 가는 것이 아니라 아주 천천히 가고 있는 것이다.

집 한 채를 지고 가는 저 걸음은
얼마나 무거운 것일까.
하루를 가도 그 자리가 그 자리일 것 같은 거리를 가는
저 달팽이의 생은 또 얼마나 짧은 것일까.

그러나, 평생을 다 하여 찾아갈 수 있는 그대가 있다니
서두르지 않는 느림이 저토록 눈부시다니.
등을 짓누르고 있는 저 고통스런 짐이 사랑을 뉘울 집인 줄이야,

뉘알랴,
그리움의 촉수를 세우고 답답한 거리를 가는 것은
사랑을 찾아가는 뜨거운 몸짓이라는 것을.

법문

두려워하지 마라.
누구나 주저앉을 때가 있다.
어떤 이는 무릎 꿇고 울고 어떤 이는
넘어져서 슬프다.
그러는 동안
꽃은 지고 새들은 땅으로 내려앉는다.

그러나, 일어나야 한다.
사는 일이 다 녹녹하다면
삶의 끈을 놓을 사람 아무도 없다.
산을 돌아가면 강을 만나고
강을 건넜다 싶으면 또 산이
앞을 가로 막는다.
그게 인생이다.
지난 일은 꿈속 같고
다가오는 날들은 안개 속 같은 삶.
어둠이 깊을수록 별은 빛나고
밤이 지나면 또 아침 해가 찬란히 뜬다.

약발

길을 걸으며 생각했네. 삶이란 약발이라고
산책 나온 늙은 개 한 마리. 나를 보더니 안됐다는 듯이
말하네. 효과는 투자에 비례하는 것이라고
흙 한 삽 퍼 뒤집어 준 일이 없는 놈이
사과나무를 툭툭 차면서 쓸 만한 사과하나 없노라고
투덜거린다고. 그래봤자
제 발만 아픈 게 아니겠느냐고 말하네.
사는 일이란 여기저기 예방주사를 놓는 일.
미운 놈일수록 소금을 많이 먹여야 한다고 그래야
그 놈이 물을 켠다고, 그 말을 들으며 생각했네.
다람쥐 쳇바퀴 돌리듯이 발바닥 부르트게 뛰었지만
가늘어진 허리에 남루해진 생이었다고. 허리띠를 죄어 봐.
갈비뼈까지 통증이 올라올 때 그게 인격이라고
근검절약은 그런 것이라고 개-똥 같은 소리들을 하지.
여편내의 바가지와 자식 놈들의 따가운 시선이 온몸을 쪼아댈 때
아픔이 어떤 것인지 너덜이 알아? 늙은 개, 정답처럼 말하네,
개처럼 살아야 대접받는다고
눈감은 뒤 송덕비로 서고 싶으면 여기저기 쥐약을 놓으며
찍소리조차 내지 말고 꿀 먹은 벙어리처럼 눈만 굴리라고
짖는 개를 돌아보는 게 세상 인심이라네. 인생은 약발이라네.

夏 강가에서 부는 바람

이 세상에 와서
단 한 번도 강가에 서 보지 않은 사람들은
오늘 강가에 서 보라.
왜, 강물은 굽이쳐 흐르는지
왜, 강물은 소리치며 흐르는지
알게 되리라.
생은 언제나 뜨겁게 한 세상을 건너가야 한다는 것을.

늙은 새들의 거처

화살나무

가지가
팽팽하게 몸을 당겨
하늘을 향한다.
일순간
허공이 과녁이다.

화살나무 가지 끝에 돋는
새순.
모두 눈目이다. 그 눈
허공으로 뻗으면

허공에도 봄이 오고 있구나.
조춘.

꽃보다 아름다운

하루를 불같이 살다가 지는 해는 아름답다.
며칠을 꽃답게 살다가 지는 꽃은 아름답다.

불같이 사는 일이나 꽃같이 사는 일이나
제 할일을 다 하는 것들
몇이나 될까. 세상에
제 할일을 다 하지 못하는 것들 얼마나 많은가.
그러나, 지는 것은 다 아름답다.
한 생을 살다 가는 것만으로도 아름답다.

이 세상에서 가장 아름다운 것은
꽃이다.
제 할일을 다하고 지는 꽃이다.
꽃보다 더 아름다운 것은 사람답게 살다가
지는 해가 된 사람이다.
사람이 꽃보다 아름답다. 꽃보다 아름다운
사
람

어매, 나 죽네

속이 거북해서 영 거북해서
손톱 밑을 땄다.
검다, 피가
코르타르 같다. 코르타르 같은 피가 혈관을 타고
온몸을 흐른다고 생각하니 더
소화가 안 되는 것 같다.
눈 찔끔 감고 받아먹기도 하고
얄쌍한 놈들 등쳐
뺏어 먹기도 했다.
양잿물도 큰 것을 추켜들었다.
완전히 소화불량증이다.
이런 나를 보고 어떤 이는
요즘 얼굴이 영 말이 아니라고 누구는
너무 먹어대더니
간에 무리가 간 것이라고 쑤군댄다.
소화제를 먹어대도 더부룩한 속.
이 세상에는 약이 없는 고약한
이 병은
정말, 죽어야 낫는 병이다.

관심

산에 갔다.
계곡을 따라 올라가는 곳곳에
돌감나무, 돌사과, 돌배나무가
눈에 띤다.
아무리 좋은 감나무, 사과나무, 배나무라 할지라도
방치해 두면 저렇듯
형편없는 나무가 된다.
나무는
제자리에 있을 때
끊임없는 눈길과 손길을 보내줄 때
나무답게 자라서
제 할일을 다 한다.

그렇다.
세상일이란 모두 관심이다.

붕어빵을 먹는 아이들

포장마차 안의 아이들은 송사리 떼였다.
우르르 모여들어 몇은 붕어빵을 물고 키득거리고 몇은
뜨거운 붕어빵을 삼키느라
붕어 주둥이가 되어 입을 뻐끔거리고 있었다.
아이들은 살찐 참붕어였다.
통통한 날들을 기약 받고 있는
그래서 답답한 골목을 떠나서 강을 향해
떼를 지어 나가고 있었다. 그것은
푸르디푸른 군무였다.
나도 한 마리의 붕어가 되어 군무 속에 섞여 어느새
강으로 나가고 있었다.
강을 지나 마음의 바다에 다다르자 아이들은
황금빛 붕어가 되었다. 아이들은
붕어빵을 먹고 있는 것이 아니라 빛나는 꿈을 먹고 있었다.

그날 밤

친구 집에 갔다. 그것도 떼거리로
폐암 말기라는 말에 질린 얼굴들을 앞세우고
병문안을 갔다.
친구는 우리들을 보자 눈물만 찔끔거렸다.
한 친구는 먼저 방사선치료을 해야 한다고 했다.
한 친구는 공기가 맑은 곳으로 가서
단백질을 충분히 섭취하고 운동을 해야 한다고 했다.
나도 해줄 말을 생각했다. 그러나,
머릿속이 하얗게 비어 있어서
아무 말도 기억해 낼 수가 없었다.
시를 쓴다는 내가 미웠다.
현관문을 나오면서 친구의 손을 잡았다. 그리고는
이 손이 오래 따뜻할 거야.
겨우 그 한 마디를 했다.

집으로 돌아와서도
밤새 내내 그 손을 놓을 수가 없었다.

만년과장 한심해씨 1

이불 속에서 방귀를 뀌었다.
움직이지 말라고 냄새가 잦아들 때까지 꼼짝하지 말라며
아내가 코를 싸잡고 버럭 소가지를 낸다.
누구는 방귀도 안 뀌고 사느냐며
그럼, 이 밤에 그것도 잠자다 말고
현관으로 나가서 뀌란 말이냐
만년과장 한심해씨가 겁도 없이 대꾸를 했다.
아내가 또 염장을 질렀다. 당신은 도대체 당신은
다른 사람을 배려할 줄을 모른다고
카리스마가 넘치는 탤런트 아무개도 뿔테 안경 가수 모씨도
변기에 앉아서 오줌을 싼다며
그게 다 아내를 사랑하기 때문이라고
보기라도 한 것처럼 숨도 안 쉬고 속사포로 지저댄다.
천지간에 어디, 사내가 할 짓이냐고 혼잣말로 궁시렁거리며
치마를 입고 다니라고 하기 전에 얼른
오줌 싸는 자세라도 바꿔야겠다고 생각했다.
만년과장 한심해씨는
마음대로 방귀를 뀔 수 있는 나라는 이 땅 어디에도 없을 것 같아서
또 나올려는 방귀를 어금니 깨물면서 참는다.
얼굴이 누렇다.

만년과장 한심해씨 2

아내가 코밑에 대고 손부채질을 하더니
창문을 활짝 활짝 열어 제킨다.
썩는 냄새가 난다고 그것도 밥상머리에서
채신머리없이 뀌어댄다며
내 얼굴이 이렇게 누렇게 뜬 것도
다 그 놈의 당신 방귀냄새에 찌들었기 때문이라고
신경질을 내면서 핀잔을 준다.

한심해씨가
이렇게 냄새가 나는 것은 순전히
밖에서 스트레스를 많이 받기 때문이라고
궁색하게 변명을 하고 있는데 갑자기
아내의 뒤에서 풍선 바람 빠지는 소리가 난다.
머쓱해진 아내는
내 방귀는 단방구라며 호호 입을 가린다.

왜, 아내마저 늘
내 똥만 구리다고 하는지
만년과장 한심해씨는 그게 궁금했다.

왜 사니, 왜 살아 1 – 시험 시간

고졸검정고시 수학시간 감독을 들어갔다.
팔월염천 찜통더위에 머리허연 선생님 같은 아저씨
푸짐하게 생긴 아줌마 고개를 갸웃거리며
시험지를 푼다.
나이를 먹어도 시험은 역시 어려운가 보다 생각하며
나도 따라 고개를 갸웃거리고 있는데
어디서 갑자기 코고는 소리가 났다.
웬일인가 싶어 눈을 크게 떴는데
귀때기 새파란 놈이 책상에 엎드려 잠을 자고 있다.
그 놈 뿐만이 아니다. 대여섯 놈이 여기저기서
간 저린 배추가 되어있다.
수학문제 20개를 읽는 데만 족히 20분은 걸릴 것 같은데
아니, 벌써.
다 풀었다고? 10분도 안 돼서.
어린놈들은 문제를 읽지 않아도 답이 그냥 나오나보다.

왜 사니, 왜 살아
내가 종아리를 맞고 있는 동안 끝종이 울렸다.

왜 사니, 왜 살아 2 – 민들레꽃

내가 밟고 지나간 뒤에
꽃이 피었다는 것을 몰랐다.
돌아오면서
꽃을 보고 알았다.
내 발자국 소리 찍힌 자리마다 지천으로
민들레꽃
피어 있었다.
왜 피었니. 왜 피었어.
수 없이 물었지만
민들레꽃은 말이 없었다.
미워하면서 한 참을 걸어오는데
뒤에서
대답소리 들려왔다.
왜 사니. 왜 살아.
너는
왜 사느냐고?
민들레꽃이 악을 쓰고 있었다.

홍련

연잎 사이사이 고개를 디밀고 올라오는
저것이 무엇이 다냐.
열세 살 계집애 첫사랑 수줍던 젖봉오리 같기도 하고
자식 놈의 표피 붉은 거시기 같기도 한
저것들.
솜털 보송보송하고 대가리 피도 안 마른 저 어린 것들이
세상을 빼꼼히 내다보네. 겁도 없이

오오라. 연잎 배꼽 위에 구르는 저 물방울.
또르르
유월 끝자락, 그 여자의 코맹맹이 소리도 저리했지.

근데, 날씨가 왜 이리 후덥찌근하다냐.
장마는 이제 시작이라는 디, 덥기는 오살허게 덥네그랴.
바지를 확 벗어버려, 나도.
홍련?

헷갈리는 순간

덕진 연못
현수교 위에서
뻥튀기 한 장
접시 날리듯
수면 위로 던졌다.

죽기 살기로 달려드는
물고기들
튀어 오르는 입, 입, 입
필사적이다.

살기 위해서
치열한 것인지
치열하기 위해서
사는 것인지
잠시
헷갈리는 순간.

가로수

길가 보드 · 블록 사이
척박한 땅에 뿌리를 내리게 된 것을
어쩔 수 없는 운명이라 하자.
그렇게 생각하자며
스스로를 달래던 가로수는 어느 날 부터인가
하늘을 향해 두 눈을 부릅뜨고 무릎을 세워
기를 쓰고 일어섰다.
언젠가는 꽃을 피우고 열매를 맺어
내 씨앗들이 어딘가 풍요의 땅에 떨어져
한 생을 사는 것 같이
살아가기를 굳게 소망하였기 때문이다.
그 소망으로 하여
푸른 그늘을 더 짙게 짙게 땅바닥에 깔았다.
그 때부터 차량들의 경적소리조차
노랫소리로 들리기 시작했다.

우리들의 나무

제법 많이 자랐다네.
우리들이 얼굴을 마주보며
웃으면서 심은 이 나무가

우리는 알고 있다네.
이 나무, 다리가 튼튼해지고 팔 뻗어
성목이 되면
꽃이 피고 열매가 옹골차리라는 것을
또 알고 있다네. 이 나무
머지않아 기둥이 되고 석가래가 되어
집이 된다는 것을
우리는 진정 알고 있다네.
그 지붕 아래 꿈이 깃들고
그 꿈이 자라 세상을 밝힌다는 것을

우리들의 나무
어둠 속에서도 잡아야 할 희망의 끈이라네.
만인의 눈물을 거둬줄 눈 시린 그늘이라네.

잊지 말게. 엊그제 우리들이
마음을 맞대고 심은 나무가 바로
이 나무라네.

늦잠

아내가 창문들을 활짝 활짝 열어 제낀다.
일찍 일어나 삭신을 놀려야 먹을 것도 생기는 게 아니냐며
그놈의 일요일만 되면
12시 한하고 잠을 자니 실수가 없다고 푹푹 거린다.
나는 오만 상을 찌푸리며
세상을 시계처럼 살아갈 수 있는 것은 아니지 않느냐며
꾸역꾸역 일어났다.

머리맡에 놓아둔 자명종이 나사가 풀렸는지 죽어있다.
너를 믿은 내가 그렇고 그렇지
시계의 머리통을 두어 번 쥐어박았다.
하기야, 시계도 한 번쯤은 늦잠을 자야지
어떻게 평생을 불알이 떨어지도록 일만 할 수 있느냐고
뼈마디는 얼마나 아플 것이며
가슴은 또 얼마나 먹먹할 것이냐고
시계 대신 내가 구시렁거리며
그런 아내를 생각했다.
파김치가 된 남편을 쉬는 날만이라도 늦잠을 자도록
자장가를 불러주는 아내를
겨울을 이겨낸 봄똥같이 풋풋하게 일어나
세상을 향해 큰소리칠 남편을 생각하는 그런
아내를 그리워했다.

사족

뱀은 일찍이 사족을 짤라냈다.
사족을 짤라냈다는 것은
삶이 치열했거나 엄숙했다는 것이다.
조사 혜가는 팔 하나를 짤라내고
불법을 얻었다는데 너야말로
네 개씩이나 짤라냈으니
네가 곧 불법이다.
화공은 화사첨족하고 잃은 것이 많았지만
진진의 설복은 초나라 평원에 가득하다.
털 하나 없는 몸으로
영겁의 시간 동안 이 땅 곳곳에
불법의 알을 낳으니
그 알은 자라 성자 중의 성자가 되었다.
사족이 없는 너는
머리 검은 짐승보다 낫구나.
살면서 나도
여기저기 사족을 달았다.

터럭

땅바닥에 떨어진 터럭, 몇 개
거웃인지 치모인지
자세히 보니 간밤에 아담과 이브가
이어 붙이기를 했던 자리가 선명하다.

내 죄는 몇 센티미터나 될까
눈대중으로 재고 있는데
부끄럽다고 자꾸만 꼬부라지는 터럭.
줍기는 주어야겠는데
손으로 줍는 것은 죄를 짓는 일일 것 같아서
유리테이프로 꾹꾹 눌러 찍었더니
아프다며 살살 하라고 한다.

우물 깊이 두레박을 내릴 때
내 죄는 기본적으로 십이 센티는 자란다며
플라스틱 자를 들고 네 죄도 한 번 재보자는
터럭.
죄 많은 내 생의 뿌리가 갑자기 오그라들더니
바짓가랑이 뒤로 숨어 버린다.

들판에서의 사색

들판에서 농부가 새벽부터
땅을 파고 씨를 뿌리고 있다.

꽃이 피고 열매가 여는 동안
땀 흘려 수고하는
기쁨이 있다는 것을 알고 있는
저 농부의
허기진 저녁노을이 따뜻하다.

사람이 이 세상에 와서
마음의 들판에 배움의 길을 닦는 것은
혼자서 그 길을
차지하고자 함이 아니다.

그것은
맨발 벗은 사람도
안주머니가 무거운 사람도
함께 갈 수 있는
우리들의 길이기를 소망하기 때문이다.

섬진강

강물이 흘러간다고
섬진강가 매화꽃 이마가 희다고
한 사내가 소리치니
사람들이 모두 얼굴을 돌려 섬진강을 바라본다.

섬진강은 조용히 흐르고자 하나
소리치며 흐르라고
굽이마다 미운 놈들을 만나면
따귀라도 부치라고
사람들이 보챌수록 배겨낼 재간이 없노라
섬진강이 머리를 흔든다.

섬진강을 따라가며
강바닥은 언제 보여 줄 것이냐고
강의 깊이를 잴 길이 없다고
봄날이 다 가도록
손바닥으로 강물을 퍼내는 사람들아.
아직도 섬진강가에는
매화꽃 환장하게 피어 있던가.

이팝나무

연지 못에서 물놀이를 하던 수험생들은 누구든지 뒷문
으로 대학에 들어가면 혼날 줄 알아야 한다며 덕진공원
에서 전북대학교를 향해 앞으로나란히를 하고 있는 이
팝나무들이 수위아저씨처럼 꼿꼿한 자세를 취하고 있
다. 어린 이팝나무 아래 도수 짙은 안경을 낀 젊은이 하
나가 앞문으로 당당하게 들어간 나도 이 모양 이 꼴이라
며 옆구리에 끼고 있던 육법전서 한 장을 쭉 찢어 우적
우적 씹어 삼킨다. 주린 창자를 채우기 위해서는 아직도
더 많은 시간들을 축내야 한다고 이팝나무가 안됐다는
듯이 젊은이를 내려다보는 오월. 긴긴 하루해를 건너서
넥타이 목에 걸고 호기 있게 아침 대문을 나서는 날이
오기는 올 것이냐며 젊은이는 대학촌 고시원 간판 아래
로 어둠처럼 머리를 밀어 넣는다. 저녁 무렵이면 고단한
길을 되돌아와서 몸서리치게 배고픈 가슴을 울리는 저
이팝나무. 어느 세월에 설움 많은 이 세상에 이팝꽃을
가마니로 피울런지.

너에게

누구나 건너지 못할 강 앞에서 절망하고
누구나 넘지 못할 산 아래서 무릎을 꿇는다.

이 세상 어느 씨앗이 껍질이 터지는 고통을 이기지
않고 숲이 되랴. 이 세상
어느 꽃이 바람에 부대끼지 않고 향기로우랴. 이 세
상 어느 열매가 그 뜨거운 날들을 견디어 내지 않고
단맛을 내랴.

별들이 제각기 다른 이름을 갖고 있듯이 우리들은
제각기 가야 할 자기의 길이 있다.
희망의 끈을 놓지 않을 때 희망은 희망이다.

외로운 백수

외로워서 돈이나 벌겠다고 그것도
아무 데나 취직해서.
세상에.
이 세상에 아무 데라고 말할 수 있는 직장이
그냥 돈버는 방법이 정말 있다면
그것은 획기적인 일이지. 나는 알지.
세상으로부터 왕따를 당하는 너희들이
특별히 하고 싶은 일도 특별히 할 줄 아는 일도
없는 한심한 친구들이라는 것을.
그러니 너희들에게는 희망이 없지.
물론 미래도 없고 당연히 싹수가 노랗지, 정말
알아야 해.
지금 너희가 먼저 해야 할 일은
살아가는 지혜를 말해주는 어른을 찾아야 해.
쓴소리를 해줄 수 있는 선배를 찾아야 해.
영·수보다 인성교육을 하는 선생님을 찾아야 해.
서류전형에서 자꾸 떨어진다고 불평만 하다니
앉아서 잔머리를 굴리며 계산기만 두드리다니
안 되지 정말, 그럴 수는 없지.
머리를 쓰기 전에 몸부터 움직이어야 해.
절망하는 이태백아, 외로운 백수들아. 안 그래?

교훈

이 강은 건너갈 수 없는 강이라고 포기하는 동안
나룻배는 유유히 강을 건너가고
강물을 거슬러 올라갈 수 없다고 절망하는 사이
물고기들은 꼬리에 꼬리를 물고 떼를 지어
강물을 거슬러 올라간다.

이 산은 왜 이리 높은 것이냐고 투덜대는 동안
나무들은 잎과 잎을 마주잡고
푸르게 푸르게 절벽 위를 기어오르고
바위들은 어깨에 어깨를 쌓아가며 기를 쓰고
정상을 향해 묵묵히 솟아오른다.

때로는 하찮은 것들에게도 배울 것이 있고
미물이 스승이 될 수 있다는 것을 부끄럽게도
인간들은 모르고 있다.

사과

사과나무에 주렁한 사과들이 탐스럽다
지난밤 비바람을 견디어 아침에 사과가 되었구나.
세상의 단맛에는 쓰디 쓴 수고가 있었구나.
생각하면서 자세히 보니
어느 것은 잘 익어 금방 손이 가고 어느 것은
눈길을 보내기에도 시들하다.
과일가게에 나란히 서서 손님을 맞이하면
누가 먼저 주인을 만날 것인지 말하지 않아도 뻔하다.
한 알의 사과를 봐도 어느 부분은
완전하게 익은 기쁨이고 어느 부분은 상처가 깊다
세상의 어떤 금빛 사과도 벌레 먹은 사과도
한 가지 숨길 수 없는 것은
사과나무에서 열렸다는 것이다.
그러나, 사과들은 불쌍하게도
피를 나눠 붉게 익어가고 있다는 것을 모르고 있었다.

칼로 물 베기

— 제 1라운드
아내는 화가 나면 정말 화가 나면
눈을 아래로 깔고는
키나 아니나 난쟁이 똥자루만 해가지고
하는 짓마다 미워죽겠단다.
그 말에 얼른 말을 받아서
그래, 내 키가 컸다면
그렇게 말 할 거지. 키만 멀대같이 커가지고
속은 징그럽게 못 차린다고.

— 제 2라운드
밥상머리에 앉아서 그것도
언제 싸웠느냐는 듯이 마주 앉아서 밥을 먹는다.
그런데, 국물이라도 흘리면 밥알이라도 한 알 떨어뜨리면
밥 하나도 제대로 못 먹는다고
벌써 수전증이 왔느냐고 속을 긁는다.
나는 그 말을 또 받아서
사람이 얼마나 독하면 밥을 먹으며 흘리지도 않느냐고
빈틈없는 사람이, 바늘로 찔러서 피도 한 방울 안 나는 사람이
어디, 인간이냐고 말문을 막는다.
아내가 먼저 두 손을 들고는 아이고, 저 웬수. 그 한마디로
우리 부부 싸움은 오늘도 비겼다.

헛지랄

시를 쓴다.
새벽 강에 물안개 피어오를 때까지
책상머리에 앉아 머리를 쥐어뜯으며 시를 쓰는 것은
청탁받은 원고 마감일을 맞춰주기 위해서다.
연애질도 詩詩하고 한 잔 걲는 일도 詩詩해서
시 앞에 무릎 꿇고 기도한다. 밤이면
시와 한 판 붙어 원고지 장이나 축내기도 한다.
어쩌다 원고 청탁이 가뭄에 콩 나듯이 들어 와
허기의 땅에 해갈은 커녕
병아리 눈물 같은 원고료가 감질나게 하지만
나는 악착같이 시를 쓴다.
잘나가는 시인들은 손가락을 튕기면서 받는다는 선인세.
나만 못 받냐?
내가 아는 시인 누구누구도 못 받는다고 생각하니
위안이 된다. 도둑놈 심보다.
인세도 못 받는 시를 쓰는 일은 헛지랄이라고 너는 말하지만
알고 있다.
시를 길게 써야 잘 팔린다는 세상에서 팔리지도 않는
내가 쓰는 시는
생각도 짧아서 읽을수록 詩詩한 시들이라는 것을.
출판사 사장에게 허리를 굽신거려 이참에
시집 한 권 출간했다. 또 헛지랄했다.

어떤 초여름

일요일이라서 모처럼 늦잠에
늘어지고 있는데
밖에서 떠드는 소리에 눈을 떴다.
생선장사가 아파트 경비실 앞에 트럭을 대 놓고
싱싱한 고등어를 사라고 외친다.
고등어요, 고등어.
눈을 끔벅끔벅하는 생고등어가
한 손에 이천 원!
메가폰이 불나게 아낙들을 부른다.

내 아침잠을 뺏어간 비린내 나던 그 트럭
먼지를 날리면서 지금
어디쯤 달려가고 있을까. 자꾸만 날씨는 더워지는데

수확

묵정밭둑에 구덩이 몇 개 파
호박씨를 묻었다.
잇몸 부실한 우리 두 늙은이
호박전을 생각하면서
마디마디 열려라
주위의 풀을 깎고
재를 뿌리고 똥도 몇 바가지
찌티려 주었다.

한 여름이 다 가도록
잊고 있었는데
조석으로 바람 선선하게 불어와
생각이 맑아져
호박꽃 따라
풀숲을 헤쳐 보니
여린 잎 뒤에 숨었다가
배시시 웃으며
얼굴 내미는
주먹댕이만한 호박 하나.

후무지다, 애호박,
첫 놈 불알 같은 허벌난 수확.

산

인간들의 발소리만 들어도 소스라치는 산.
어미닭이 병아리들을 품어 긴긴 봄날 하루를 살아가
는 동안에도
발자국 찍는 소리하나 내지 않듯이
수백 년 수천 년 동안 산새와 나무와 꽃과 나비들이
깃들어 살아도
흔적 하나 남기지 않는다. 산은
숨소리조차 조용조용하다. 그러나, 요즘 산은
불도저, 포클레인 시동 거는 소리만 들어도 가슴이 철
렁 내려앉는다.
놀랠 일이 아니라고 스스로 위로하지만
하루아침에 수십만 평의 산을 깎아 먹고도 끄떡없는
인간들의 거대한 식욕이 두렵다.
오늘도 어떤 산은
저승사자의 검은 발소리 같은
가까워지는 인간들의 발소리에 몇 번을 혼절한다.
산은 인간들의 식욕보다 적막이 차라리 그립다.

잉어

한 골목에서 아옹다옹 살아가는 여자들의 야음을 타 냇가로 모여든다. 토종잉어 가슴 큰 슈퍼 아줌마, 잉붕어 골목 처녀점쟁이, 유료낚시터에서 도망 나온 F1 막걸리집 주인 춘자란년, 손가락에 침을 발라가며 하루 계산을 맞추고는 밤이슬을 헤치며 나온다. 나뭇가지에 삶의 껍질을 하나 둘 벗어 걸어두고 흐르는 냇물에 펄떡이는 잉어가 된다. 서로의 얼굴을 보며 오늘은 일당이라도 건졌느냐며 한 바탕 히히덕거린다.

구름 뒤에서 홀애비 달이 실눈을 뜨고 쳐다보고 있는 줄도 모르고 잉어들은 아직도 뽀얀 비닐을 서로서로 다듬어 준다. 흐르는 물이 달빛에 반짝일 때마다 깔깔깔, 호호호, 푸푸푸, 무슨 생각을 하며 웃는 것인지. 저마다 다른 웃음소리가 촉촉이 젖어 가면 짧은 여름밤, 밤늦은 냇가의 잉어들은 살이 올라 더욱 싱싱하다. 하늘에서는 별들이 밤새 소곤대고 숲속에서는 반딧불이 날 새는 줄도 모르고 서로의 짝을 더듬고 있다.

하늘이 주신 축복, 가을

한 알의 사과가 밥이 되기 위해서
태양은 길고 답답한 여름날을 견디어냈다.
그대여
고통이 크다고 투정하지마라.
'인내는 쓰나 열매는 달다'
그 말, 가슴에 새겨 볼 일이다.

늙은 새들의 거처

별이 된 어머니 — 어머니1

다 걸어 간 들판
살얼음 길
종종걸음으로 건너가는
발시린 새벽달.

천지만물을 불러내던
봄 햇살을 타고
녹음 불태우던 여름을 건너서
서산 빗겨 넘는 햇무리
평생 지고 다니시던 짐 부리시고

내 첫 월급 받아
사드린
빨간 속바지 입고 가신
어머니.

이 세상에서 가장 훌륭한 요리사 — 어머니 2

큰 한정식 집의 상다리가 휘어지도록
걸판한 음식상이나
으리비까한 레스토랑의 기름진 음식들이
세상에서 제일가는
한 끼의 식사라고 생각하면서
나는 살아왔습니다. 그러나
그 음식들이 다
내 입맛에 맞는 것들은 아니었습니다.

좀 짜다 싶으면 물을 더 붓고
다시 보글보글 끓여내던 된장국이나
싱겁다 싶으면 한 숟갈의 소금으로
내 입맛에 맞을 때가지 간을 맞추시던
어머니. 우리 어머니.
그 어머니의 손맛으로 음식을 먹고
그 어머니의 정성으로 나는 자랐습니다.

이 세상에서 가장 훌륭한 요리사는
자격증 하나 없는 우리 어머니라는 것을
오늘 어버이 날.
저녁상을 받으면서 알았습니다.

세상에서 가장 목이 메이는 일 - 어머니 3

엄마, 나야~ 막내라고
쉰이 다 된 아들이 팔순노모의 기억을 흔든다.
풋토마토를 따먹고 곽란나면 어쩔 거냐고 지청구를
듣던 이야기며
코찔찔이라고 친구들이 놀렸을 때
저녁밥을 하다말고 부지깽이를 든 채 동네 고샅을 쫓
아다니던 일이며
봄소풍 보물찾기에서 상품으로 받은 플라스틱 젓가락
한 벌을 내밀었을 때
역시 내 새끼라며 좋아했지 않았느냐고
어머니의 손을 잡고 자식이 된다.

기억을 흔들면 흔들수록 팔순노모는 허공 너머 저편
으로 날아가는 것인지
생의 끝을 넘어다보고 있는 것인지
초점 없는 눈동자가 아들의 가슴에 못질을 한다.

세상에서 가장 목이 메이는 일은
엄마, 나야, 나라니까~
불러도 대답 없는 어머니를 흔드는 것이다.

엄마를 위한 자장가 — 어머니 4

잠드시라. 엄마여
우리 엄마여
뒷동산의 할미꽃처럼 두 눈을 꼭 감고
엄마의 아들이 불러주는
자장가를 들으면서

엄마여, 우리 엄마여.
꿈길에서는
무거운 신발도 신지 않는다오.
빈 손이 미안하다고
자식에게 줄 것이 없다고
슬퍼하지 마오. 엄마여, 우리 엄마여
잠들면 모든 게 꿈속이라오.

이고 진 그 짐들을 내려놓고서
엄마여. 우리 엄마여.
아들의 든든한 팔벼개를 베고서
아가처럼 착하게
천사처럼 예쁘게
잠드시라. 엄마여. 우리 엄마여
고우신 우리 엄마여.

불효 — 아버지 1

어떤 아버지가 마신 술은
절반이
눈물이었다고 한다.
그러나
우리 아버지가 마신 물의
팔할은
땀이었다.
눈물보다 땀이 더 짜다.

아버지의 위대한 밥상에서 숟가락 부딪치는
자식들.

아버지의 구두 — 아버지 2

얼마나 많은 길을 걸어 왔을까.
감이 잡히지 않는다. 세월에 부대끼고 짓눌려
구두창은 부르텄고 옆구리는 터졌다
늙은 구두다. 한 때
아버지는 당신의 구두가 워커이기를 바랬다.
워커는 세상의 길 위에서
어디든지 갈 수 있었고 갈 수 없는 곳이
세상 어디에도 없었기 때문이다. 모든 길을 워커로 통했다.
아버지는 수많은 날들을 열나게 구두를 닦아댔지만
워커는 커녕 백구두도 되지 못했다.
아버지의 구두는 결코
광나게 길 한 번 걷지 못했다.
병상 아래 아버지의 구두를 바르게 놓으면서
이승과 저승의 경계선을 서성이는 아버지가
걸어온 길을 따라 가 본다.
어느 길은 자갈길 같기도 하고 어느 길은
환한 대로 같기도 하다. 그 길을 걸어오며 아버지는
오랜 불면의 시간들을 더듬었을 것이다.
하지만 아버지의 구두를 보면서 이런 상념에
눈시울을 적시기도 한다.
아버지의 구두는 내 밥이요. 내가
이 땅을 버틸 수 있는 두 발바닥의 뿌리였다.

지팡이 — 아버지 3

아버지가 지팡이를 짚고 앞서 가신다.
걸어가시는 모습이 힘들어 보여 옆구리를 끼어드렸더니
지팡이가 있으니 염려하지 말라고 하신다.

보잘 것 없는 저 지팡이.
누군가가 버린듯 한 나뭇가지다.
그 허술한 나뭇가지가 아버지의 무료급식소를 인도하고
식사가 다 끝날 때까지 옆에서 기다려 준다니
대학까지 나온 자식보다 몇 배나 자식답다.

하찮은 나뭇가지로 여겼던 지팡이에게
너무 뻔뻔한 것 같아
오늘은 점심 한 그릇 대접해야겠다고 생각하며
뒤를 따라가는데
지세히 보니
아버지가 지팡이를 짚고 가시는 게 아니라
지팡이가 아버지를 모시고 가고 있었다.

아버지의 지게 — 아버지 4

지게를 한 번이라도 져 본 사람은 압니다.
그것은 하찮은 물건이나 나르는 것이 아니라는 것을
지게의 낡은 질빵에 아버지의 든든한
어깨자국이 남아 있는 것을 보면 마음이 따뜻해진다는 것을.

그것으로 짐을 몽땅 지고 가 본 사람은 또 압니다.
아버지는 한 번도 무거운 짐을
부려버리고 싶다는 생각을 안 했을 것이라는 것을
그것은 지게 위의 고통들이
새끼들의 먹거리라는 것을 알고 있었기 때문입니다.

정말이지, 지게와 함께
가난을 건너오지 않은 사람은 잘 모릅니다.
아버지의 지게는 쌀밥이었고 고깃국이었다는 것을

그리하여. 한 번이라도 지게를 눈여겨본 사람은 압니다.
세상에서 가장 훌륭한 것이 오늘
헛간에서 먼지를 뒤집어쓰고 있는 아버지의 지게라는 것을.

판박이 — 아버지 5

내 유년의 아버지는
일하지 않는 사람은 밥도 먹지 말아야 한다고
공부를 못하면
평생 동안 눈깔이 튀어나오도록 땅을 파야 한다고
부모형제도 몰라보는 놈은 개·돼지보다도 못한 인간이
라고
허구헌 날 잔소리를 하였습니다.
귀에 못이 박히도록 그놈의 잔소리를 들으면서
나는 아버지가 되면
죽어도 자식들에게 우리 아버지처럼 잔소리를 하지 않을
것이라고
골백번도 더 다짐을 하였습니다. 그러나
어제 저녁 밥상머리에서 오늘 아침 현관에서 자식들에게
아버지가 나에게 하시던 그 말들을 글자 한 자도 틀리지
않고
녹음기처럼 수도 없이 구간반복을 했습니다.

깐깐하고 잔소리 많은 당신을 어느새 닮았습니다. 아버지.
핏줄을 속일 수 없는 아버지의 판박이라는 것을
오늘 알았습니다.
아버지.
훗날, 자식 놈도 저의 판박이가 될까요?

매

아버지는 나를
때려서 키웠다.
나는 맞으면서 단단해졌다.
쇠는 맞을수록
단단해진다는 것을
나이가 들어서 알았다.

나도 자식을 때렸다.
단단해지라고
물러터진 애비보다는
너라도
단단해져야 한다고
마음을 독하게 먹으면서
때렸다. 그러나
자식이 단단해지기도 전에
매를 잡은 손
맥이 풀리고 마음이 저려왔다.

세상의 아버지들은
자식의 종아리를 때리면서
손에 들린
매를 먼저 울리는가.

귀향

식탁에 앉아 밥을 먹는다. 반찬이래야 콩자반과 멸치다.
밥 한 숟갈을 떠먹고 콩을 집었다.
젓가락사이를 빠져나가 식탁 아래로 또르르 구른다.
콩을 집으러 젓가락을 내밀었더니
도망치듯 미끄러져 나간다. 손으로 덥석 잡았다.
또 밥 한 숟가락 떠먹고 멸치를 집었다. 이놈도
젓가락 사이를 빠져 나간다.
살아서 폴짝폴짝 식탁 밖으로 뛰어나간다.
손으로 잡아 꿀꺽 삼켰다.

나는 몰랐다.
콩이 콩밭이 그리워 콩밭으로 달려가고 있다는 것을
멸치들이 바다로 나가고 싶어
눈을 바다 쪽으로 향하고 있었다는 것을

아내에게 말했다.
여보, 이번 주말에 고향에 다녀 올 테니
당신은 친정에 한 번 갔다 오지 그래.
부모님들이 기다릴 텐데. 그 말에
영문을 모르는 아내가 친정 쪽을 바라본다.
내 마음은 벌써
청솔 밭을 지나 고향집 대문에 들어서고 있었다.

백일홍

가을비 내린 위봉사의 저녁
고요 속에 운무 젖어있고
보광명전 앞 백일홍 꽃가지를 무심히 흔들던
새들도 둥지를 찾아갔다.
다만 갈 곳 없어 서성이는 것들
마음 둘 데 없는 것들
쓸쓸히 몸짓하는 것들과 더불어
나 또한 그렇게 조용히
어두워질 뿐이다.
사는 일에 부대끼면서 여기까지 온
내 고단한 하루가
너의 위로를 부르거든
그대여
백일홍 천지간에 붉게 터지고
비구니의 염불소리 낭랑할 때
열반으로 가는 끝없는 골목이 여기더라.

상처 덩어리

너는 말이 없지만 나는 알고 있었다.
네 상처가 크고 깊다는 것을.
네가 네 상처를 가늠조차 할 수 없어 힘들어할 때
나는 너의 상처를 그건 상처라고 말했다.
네 상처를
내 상처 어루만지듯이 어루만졌지만
상처는 아물어들 생각조차 하지 않았다.
시간이 바람소리를 낸다는 내 생각이 네 상처에
또 다른 상처를 내고 있었을 때
알고 있다.
내 위로가 네 아픔이 될 수 있다는 것을
죽어도 네 상처는 내 상처가 아니라는 것을
소원한다.
지금 네 상처를 어루만지는 이 손길이
내 상처가 되어 간다는 생각에 다다르지 않기를.
상처만이 아픔을 기억하고 있다는 것을 내가 기억하기를
그리하여, 네 상처가 내 상처라는 것을 알게 되기를.
너는 상처덩어리다.
스스로 무너져 내려가는 붉은 상처 덩어리.

파병

꽃들이 간다.
갈퀴 같은 손이 꽃을 가슴에 안은 채
내 새끼야 내 새끼야
소리 죽여 토하는 절규는
뼈속깊이 스며들고
네 살배기 딸아이
철없이 철없이 고사리 손 흔든다.
여기서는 다만
꽃들은 제 발로 걸어서 간다고 말하자.

꽃들은
방아쇠를 당기면 지문이 닳는다는 것을 알고 있다.
지문이 없는 인간은 사람이 아니라는 것도 알고 있다.

꽃이 떨어진 자리마다 영웅탑 일어서서
전쟁의 상처를 지울 수 있다면
그 상처 위에 새살이 돋는다면
꽃들은 떨어져도 떨어진 것이 아니고
영원히 피어 있는 것이라고
꽃답게 웃는다.
꽃은 떨어지면 영웅이 되는가.

감사의 계절

가을 하늘이 푸르고 마음이 풍성한 것은
뒤껼에서 감들이 단내를 풍기고
문밖에서는 사과들이 주렁하기 때문입니다.
감을 보고 사과를 보면서
이 가을이 풍성함에 감사합니다.
또 살아있음에 감사하고
가을을 나눠줄 수 있는 이웃이 있다는 것에 감사합니다.
오곡백과가 가득한 황금들녘에서
밀레의 만종소리가 들려오고
노부부의 하루를 마감하는 감사의 기도가
밀려오는 어둠 속에서도 선명합니다.
그 동안 고마웠던 사람들에게 몇 개의 감을 선물하고
미워했던 사람들에게 한 바구니의 사과를 보내면서
화해하고 사과하는 마음으로 바라보는
밤하늘의 별들은 한 마음이 되어 반짝이고
풀벌레 노랫소리 더 곱습니다. 이 가을을 감사합니다.

병문안

친구 아버님이 계시는 치매병원에 병문안을 갔다.
환자들이 휴게실에 나와
졸고 있거나 앉아 있었다. 너무 조용하다.
이상하다 싶어
웃고 있는 노인 한 분에게
백 명이 넘는 분들이 계시는데
왜 이리
조용 하느냐고 물었더니
벌컥 화를 내면서
이놈아. 백 명이니까 조용하지.
천 명쯤 돼 봐라
어디 조용하겠냐며
별 미친놈 다 보겠다는 듯이 위아래를 훑어본다.
내가 치매다.

미물

아무렇지도 않게 개미들을 밟았다.
무심코 꽃 한 송이를 꺾었다.
다 살아보지도 못하고 죽어가면서도
아무 말이 없다. 미물들은

작고 하찮은 미물들은
죽으면서도 고통조차 없나보다.
아프다는 말 한 마디 않는 것을 보니

그러나, 인간들은 하루에도 몇 번씩
사는 일이 지겹다고
이렇게 사는 것도 사는 것이냐고
불만이 많다. 다 살아보지도 않고서

고추에 대한 보고서

오랜만에 단비가 내려 촉촉한 오후
고추모를 심으려고 아내와 함께 텃밭에 나갔다.
봄가뭄에 어린 고추 모가
힘아 데기 하나 없이 죽을상이다.
아내는 허리를 세워 빳빳이 서 있으라며
호미날 깊숙이 북을 한 번 더 주면서
고추모의 아랫도리를 꾹꾹 눌러줬고
나는 고추모가 축 처지는 것은 꼴사납다고
지주에 붙여 억지로 세워줬다.
고추씨를 많이 받아야
고추농사가 잘된 것이라고 말했더니
한 번을 베어 먹어도 혓바닥이 얼얼한 고추가 제격이라며
아내는 청양고추를 생각한다.
고춧대에 밤낮으로 매달려도 끄덕도 하지 않던
어떤 고추도
고추 끝이 붉어지면 왜
제대로 힘 한 번 써보지도 못하고 히나리가 되어
땅으로 떨어지는지
오늘밤, 이불을 뒤집어쓰고
아내에게 한 바탕 따져 봐야겠다.

비둘기 가족

사진사가 손을 들어
여기를 보라며
사진을 찍겠다는 신호를 보냈다.

만년 계장 김달수씨는 속이 거북한지
벌레 씹은 얼굴을 했고
모처럼 가족나들이에 신이 난 오 여사는
입이 찢어져 귀에 걸려 있었다.
열아홉 딸년은 잔뜩 모양을 내고도 연신
거울 속을 들여다본다.
중학교에 다니는 막내 놈은
찍기 싫은 사진을 왜 찍어야 하느냐며
불어터졌다.
김치-이 하며 먼저 웃고 있는
늙은 사진사의 이빨이 햇빛에 누렇게
황금처럼 빛나는 가을 오후.

그들은 하나같이 맨발었지만
발은
한결같이 따뜻했다.

웃고 있는 종

귀싸대기 얼얼한 날은 제대로 산 날이다.
종답게 산 것이다. 종은
온몸을 뒤척이어 울 때
가슴까지 차 오른 피멍까지도 멀리
토해낼 수 있는 것이다.
그게 종의 삶이었다.

너도 맞아보면 안다.
울고 싶어도 어디에 대고 울 곳이 없을 때
뼈가 으스러지록 두들겨 맞고 소리쳐 울어 봐라.
오르가슴의 눈물을 주먹으로 훔치면서
알 것이다.
삶이 짜다는 것도. 눈물의 무게가 거룩하다는 것도,

두들겨 맞으면 맞을수록 종소리는
멀리 퍼져 날아가서
산 넘어 그리움의 눈빛에도
들 건너 젖은 가슴에도 닿을 수 있다는 것을
종은 알고 있다.

종답게 살고 싶어 두들겨 맞으면서도
웃고 있는 종
종은 찌그러져도 종소리는 찌그러지지 않는다.

우울한 저녁

오늘은 귀빠진 날이다.
아내와 앞집 식당에서 삼겹 2인분에
소주 1병을 시켜놓고 자축을 했다.
자식 놈들한테서 축하전화라도 올까하고
기다렸던 하루가 어둡다.
그런 내 마음을 아는지 아내가
자꾸만 술잔을 권한다.
어찌 안 턴 짓을 하느냐며 능청을 떨었더니
취하고 싶으면 많이 마시란다.
하기야. 나도
부모님의 생신을 얼마나 챙겨드렸던가
생각하면
자식 놈들이 이해가 안 되는 것은 아니었다.
그런데, 왜 자꾸만
서운한 생각이 잔을 채울까.
기대하지 말고 우리끼리
서로 등이나 긁어주면서 살자는
늙은 아내의 말에 끝내 소주 맛이 쓰다.

반성문

달빛 - 창가에 교교하고
풀벌레 울음소리 - 앞마당에 가득한 가을밤에
반성문을 쓴다. 이순에 겨우 철들어
국민학교 때 엎드려 연필심에 침을 발라가며
꾹꾹 눌러 일기를 써가듯이
컴퓨터 앞에 앉아 콧잔등을 미끄러져 내려가는
도수 짙은 안경을 추켜올리며
자판을 두드려 쓴다.
어린 나이에도 반성문을 잘 쓴다고 칭찬을 받았는데
이 나이에
왜, 반성문이 써지지 않을까. 아하,
어린 나이에는 죄가 적어 기억도 총총했는데
지은 죄가 너무 큰 지금은 도대체
어디가 시작이고 어디가 끝인지 알 수가 없어
가을밤이 다 가도록 반성문 한 장을 쓰지 못한다.

환생

늙은 감나무가 바람 둑에 서 있다.
죽은 듯 서 있다.
훈풍이 나무를 흔들어 봄이 왔으니 깨어나라고
깨어나야 한다고
어서어서 잎을 피워 그늘을 만들어
길 위에서 갈라진 발바닥들을
그늘 안으로 불러들여야 한다고
가지마다 붉은 감을 메달아
나그네의 한 끼 요기가 되어야 한다고
졸라댔다.

나무가 휘어지고 늘어지는 고통을 참아내는 것은
봄이 있기 때문이고
한 자리를 지키는 것은
죽어서도 그 자리에 묻히고 싶은 까닭이다.

그리하여, 늙은 감나무는
꿇었던 무릎을 세우고 흐트러진 매무새를 고쳐
다하지 못한 제 할 일을 다 하려고
환생하는 것이다. 뿌리에서부터 가지 끝으로 슬슬
푸른 채색을 뽑아 올리는 것이다.

아이들이라고 해서

모르겠나. 아이들이라고 해서
외로움이 뭔지를,
혼자 놀던 아이. 집으로 가는 골목
혼자라는 생각이 너무 심심한 세상.

알고 있다네.
아이들도 두려움이라는 두려운 생각을.
석양 등지고 앞서가던 그림자 길 위에 누우면
귀뚜리 잦아드는 울음소리에도 세상이 어두워진다는 것을
왜 모르겠나. 아이들이라고 해서
그리움이 뭔지를.

누구 없나요, 함께 놀아 줄
친구, 수없이 불러보지만 아무도 없을 때
다 알고 있다네,
아이들도 눈물이 뭔지를
아이들이기에 이런 것들을 이런 것 모두를
버려야 한다는 것을
손잡고 대지를 넓게 뛰어놀다가
헤어질 때 흔드는 따뜻한 손 가져야 한다는 것을.
왜 모르겠나
아이들이라고 해서.

황혼 1

져야 할 때를 알고 지는 황혼은
얼마나 아름다운가.
젊은 날, 끓던 피도 식어 가고 있다.
낙엽 지는 이때는 모두를
용서할 때 그리고
모두를 황혼 같은 마음으로 사랑할 때
곧 땅이 얼고 눈보라치기 전에
앞서 가는 친구여, 뒤따라오는 그대여.
생의 경기가 끝난 사람들은
서로의 알몸을 뜨거이 껴안아야 한다.
승자도 패자도 황혼답게 져야 한다.
저물어 가는 지금은
웃으며 서로에게 위로와 축하의 말을 건넬 때

황혼 2

꽃피던 봄날은 가고 늦가을이다. 지금은
길가의 풀꽃들도 어디론가 사라지고
새들이 서쪽 산으로 집을 찾아간다.
지금까지 몇 켤레의 신발이 닳았을까 생각한다.
지나 온 길들이 아득하다.
자꾸만 누군가 부르는 것 같아 뒤돌아봐도
아무도 없다. 발자국 하나 남아 있지 않다.
몇 개의 발자국이라도 남겨 놓아야 할 것 같아
발바닥에 힘을 주어 뛰어 보지만
발자국 하나 생기지 않는다.
곧 길이 끝날 것 같은 생각에 마음 심난하다.
황혼은 왜, 저리도 붉은지.
밀물처럼 밀려 와 어깨 위에 내려앉는다.
곧, 어둠이 오고
세상은 적막 뒤로 다리를 뻗고 길게 누우리라.

묵정밭

한동안 아버지가 절박하게 매달려 농사짓던 당산 너머 황토밭.
참깨 꽃이 하얀 달밤에는
봉평에서 대화까지 열렸던 메밀꽃 핀 밤길이 열리고
농사꾼인 아버지와 그 뒤를 따라가는 어머니가 도란도란 흔드는
나귀들의 망울 소리가 났다
그러나, 아버지는 고단한 육신을 치매병원에 맡긴 채 말이 없고
어머니는 천년 깊은 잠에 빠졌다. 그리하여
밭은 버려졌음으로 묵정밭이다.
그 밭에는 망초가 애기똥풀을 업고 왼종일 서성이고 밤이 오면
풀들이 무성히 눕는다.
묵정밭 어둔 하늘에는 별들만 총총하다.

가을 들녘

가을이 오는 들녘에 섰습니다.
당신이 삶의 끈을 놓고 떠난 몇 년 동안은 참으로
견딜 수 없이 힘든 시간들이었습니다.
가기 싫다는 당신을 어쩔 수 없이 보낸 마음이
당신과 나의 들녘에 서는 일을
어이 필설로 다 할 수 있겠습니까.
십년이란 세월이 흘러간 지금도 당신의 자리에는
당신의 체취가 그대로 남아 있고
당신과 함께 쓰던 호미며 삽이며
농기구들이 우리 집 헛간에 아직도 여전합니다.
해마다 가을은 어김없이 찾아옵니다.
지게를 지고 들녘으로 들어설 때면
당신이 뒤를 따라오는 것 같은 착각으로
눈시울이 젖어 옵니다.
감당하기에 너무도 큰 당신의 빈자리가
함께 거두어 들이어야 할 이 많은 곡식들이
풍성하다는 생각을 자꾸만 밀어냅니다.
영원히 함께하자던 그 언약이 영원하지 못한 채
남은 생을 혼자 가야 한다는 생각에
또 어두워집니다.

세상의 수많은 부부들이
평생을 함께하지 못한 채 이별을 하고
뼈 시린 고독을 씹으며
살아가는 것을 보면 마음이 아파 옵니다.
소리내어 당신 이름 한 번 크게 불러보지 못하며
올해도 가을이 쓸쓸히 갑니다.
수확을 등에 지고 돌아오는 들녘에는
저미는 가슴 저 안으로
막막한 어둠이 가득가득 밀려옵니다.
당신이 계신 하늘 나라에도 가을이 오고
들녘에는 곡식들이 풍성합니까.
가을 들녘에 서면
그리움으로 왔다가 바람처럼 가는 당신이여.
죽어서도 오는 이여.
천국에서 안녕.

늦피서

처서가 지난 지 며칠인데 아직도 늦더위가 장난이 아니다.
남들은 다 피서를 갔다 왔다왔는데 우리만 그냥 넘어 갈 것이냐고
아내가 하도 보채 길래
나는 게으른 강아지 시래기 잡아당기듯이 따라나섰다.

백운 계곡에 발을 담갔다. 등골을 타고 내리는 나무 그늘이 서늘하다.
흐르는 물이 유리알 같다.
아침 이슬방울 굴러가는 소리 있었다면 바로 저리했으리라.
앞서고 뒤서고 질서정연하게 흘러간다. 물은
바위를 만나면 슬쩍 안고 돌아가고
소(沼)를 만나면 가볍게 뛰어내린다. 그 뿐이 아니다.
서로의 몸을 섞어 강을 만들고 배를 띄워 바다로 나가서
아이들에게는 고래보다 더 큰 꿈꾸라 이르고 어른들에게는
소금이 있어 세상의 음식들이 맛을 낸다는 것을 알게 할 것이다.

물이 내 발을 적신다. 적시는 게 아니라 감싸 주는 것이다.
나도 누군가의 냄새나는 발을, 세상을 웅켜 쥔 상처투성이의 발톱을
감싸 안아야한다며 잔서를 계곡에 떠내려 보내면서
가는 여름을 시원한 듯 아쉽게 바라보고 있었다.

철거

빈집을 철거하려고 시골집에 갔다.
양철대문을 밀고 들어가는데 으드득 녹슨 소리를 낸다.
아버지의 등뼈 휘는 소리 저리했으리라 생각하며
마루에 걸터앉았다.
안방 방문 위에 걸린 낡은 사진들이
내내 기다렸다면서
이제야 오느냐며 쌜쭉하다.
흑백사진 속에 젊은 부부가 어깨를 맞대고 있고
양쪽으로 서 있는 사내놈 넷
쭈그리고 앉아 있는 단발머리 계집애 둘.
여덟 식구가 바짝 긴장한 눈빛으로 내려다본다.
사진 속에서 나온
큰아들은 전주로 둘째는 서천으로 막내딸은 서울로
제각기 풍기어 길을 찾아갔다.
담장 위 누런 호박이 쓸쓸해지는 동안
처마밑 빈 제비집이
저 먼저 철거해달라고 땡깡을 놓는다.

동전 한 잎

삶은 쓴 것이냐고
로댕의 생각하는 사람에게 묻고 있는데
땅에 떨어져 흙을 뒤집어쓰고 있는 학.
웬 학?

뒤집어보니
1992. 500 한국은행이라고 씌여 있다.
14년 동안(지금은 2006년 이니까) 땅속에 묻혀서
내 손길을 기다리고 있었던 것은 아닐 테고.

고통의 세월을 참아내느라 수고 많았노라고
500원짜리 동전을 위로하고 있는데,
외려
울고 싶은 내 생을 위로해 주는 것이었다.

허리를 굽혀야 소득이 있고
자세를 낮춰야 세상은 보이는 것이라고
사는 일을 그렇게
그렇게 하라 하며 학은
거금 500원을 내 손에 쥐어주며
창공을 향해 힘찬 날갯짓을 한다.

冬 겨울밤, 함께 있어도 외롭다

우지마라, 그대여
혼자 있어도 외롭고 둘이 있어도 외로운 것은
머리 검은 짐승 뿐이다.
우리가 서로에게 기대는 것은
외로워서가 아니라
치사하게도 이 겨울이 춥기 때문이다.

늙은 새들의 거처

장군의 독직

별들도
똥을 싸는구나.
사성장군이 받아먹고 싼 똥은
별똥이냐.
물똥이냐.
하늘이 온통 똥 천지다.
세상이 구린내로 진동하는데

땅에 떨어져
똥싸고 있는 별.

이빨 자국

길바닥에 떨어진 껌, 이빨자국 선명하다.
계집아이가 찍었으리라. 작고 앙증맞은 이빨자국.
번데기 같다. 성충으로 완전변태하면 하늘이 낮으리라.

쓰레기통 옆에서 반쯤 썩은 사과, 이빨자국 있었다.
몇 개 남은 이빨의
몸부림이었는지 틀니의 부실함이었는지
물어뜯다 포기한 흔적 역력하다.

아내가 또 바가지를 긁는다.
통장이 바닥났다고 자식 놈들이
컴퓨터에 빠져 공부는 날샜다고 이빨을 들이대며
쉴 새 없이 웅얼거린다.
열이 뻗쳐
도대체 살림을 어떻게 하는 것이냐고 애새끼들 교육은
그 따위밖에 못 시키느냐며 잡도리를 했다.
잡도리에 뚜껑이 열렸는지
눈을 흘기며 돌아서길래 얘기 좀 하자며 잡아끌었더니
휙 돌아서며 팔뚝을 물어뜯는다.
붉다. 저 이빨자국들.

조화

조화에게도 향기가 있다.
생화보다도 더 생화 같은 조화에게
향기를 느꼈다는 것은
순간이었지만 행복했다는 것이다.

때로는 거짓도 진실이 되어 가슴을 친다.
세상일이란 이렇듯 믿음의 중심에 따라
거짓이 진실이 되기도 한다.

영원히 시들지 않는 생을 위하여
되도록 싱싱하게
할 수만 있다면 더욱 화려하게
치장을 하는 조화.

절망의 벽에 걸터앉아서
쓴 내 나는 하루를 살아가느라고
발자국 짙게 찍은 이들에게 위안을 주는
조화에게도 생화 같은 삶이 있다.

해망동 김씨

군산 해망동 골목에 사는
홀애비 어부 김씨가
그물코를 깁고 있다.

김씨의 손을 보면
월명공원 골짜기에 버려진
소나무 등걸 같기도 하고
한 번 덮치면
옴짝달싹 못하게 하는
자라 잡는 솥뚜껑 같기도 하고

어제도 군산 앞바다에서
끌어올린 것은
파도소리였는지
달빛이었는지

알 수 없는 수심 같은
김씨의 생애가
꾸부정한 채
그물코를 빠져나가기지 못하고
왼종일 은비늘을 퍼덕이고 있다.

개

1) 수캐
개가 되어 본 적이 없다.
두 눈에 핏발 서도록 어둠을 지켜 본 일도 없고
주인을 위해서 꼬리를 흔들어 준 일도 없다.
다만 밤하늘을 보며 허천나게 짖어댔지만
별들은
귀를 열어주지 않았다.
지금은 보신탕집에 끌려갈 염치도 없다.

2) 암캐
날마다 개가 되었다.
살기 위해서라는 말로 개답게 살았다.
최선이 아니면 최후라는 생각은
앞문을 열어 어떤 수캐도 다 받아들였다.
그것은 지긋지긋한 가난 때문이었다고
핑계를 대면서
어느 날, 한 그릇의 보신탕이 되었다.

내 나이 스물넷

그때, 제대 말년인 나는
전방에서 휴가를 나와
이리 청인동 골목 육교 아래서
물 권총을 차고 보초를 서고 있었다.
도적놈들이 야음을 타
꽃을 훔쳐갈 것이 뻔했기 때문에
꽃집에는 꽃들이
꽃등 아래서 허물을 벗고 있었다.
한 여자가 껌을 씹으며
그믐달이 뜬 육교를 건너간다.
그 여자의 검은 구두가 허공에서 걸떡거릴 때마다
가로등이 신음소리를 냈다.
마음을 주고받는 것보다
뜨거운 것이 더 좋았다. 나는
육고의 마지막 계단에서 숨을 몰아쉬며
달을 쳐다보았다.
일그러진 달 속에서 토끼 두 마리가
떡방아를 찧고 있었다.
거기에도 육교(肉交) 아래 보초가 있었다.
내 나이 스물넷 꽃다웠다.

군대사 軍隊史

작대기 두 개로 따불빽을 들쳐 메고 최전방 비무장지대로
배속 받았을 때
끝이 없을 것같이 아득했던 군대생활이
지금은 아련합니다. 일주일만 있으면 고향 앞으로 간다고
생각하니
용케도 견뎌 낸 세월이 눈물 나게 찡합니다.
이 갈리는 군대생활.
스팔, 영 체질에 안 맞는다고 투덜대는 조수 김일병에게
군대는 요령이라고
꺼꾸로 메달아 놔도 국방부 시계는 돌아가게 돼 있다고
불침번을 서면서
한 수 가르쳐 주던 일을 생각하며 속으로 웃습니다.

어쩔 수 없이 울고 왔다가
그래도 미련이 남아 울고 가는 군대.
오늘도 그리고 내일도 이 군대에는
제대말년들이 제대특명을 기다리고 제대특명을 받고
부대 정문을 나서면서
유격훈련 때 목이 처져라 불러댔던
사나이로 태어나서를 가슴으로 부르며 눈시울 적셔가며
군대사를 푸르게 써 갈 것입니다.

혀

길이는 세 치지만
힘은
땅을 들어 올리는 혀.

혀는 무덤에서 죽은 자를 불러내어
무릎을 꿇어앉히기 하고
멀쩡한 놈
등 떠밀어 지옥으로 보내기도 한다.

어느 때는 소인을 영웅으로
어느 때는 군자를 시중잡배로
복을 불러오기도 하고
화를 불러오기도 하는
혀.

긴 혀는 독선을 낳고
짧은 혀는 어둠을 만드는
길지도 짧지도 않을 때 아름다운 혀.

때로는 칼보다도 두렵고 때로는 펜보다도 강하다.

나이를 먹어 가다

결국 나이를 먹어 간다는 것은
끝나지 않은 길 위에 주저앉는 일이었다.
자갈밭에서 얻은 작은 수확을
야윈 어깨에 짊어진 채 생의 골목을 돌아올 때
길은 좁았다.
귀가하는 어둠이 두려운지 검은 개가 목소리를 낮춰
내게 조심스럽게 묻는다. 걸어 온 길이 환했느냐고
해줄 말을 찾았으나
돌멩이 몇 개 길 위에 뒹굴고 있을 뿐이었다. 다만
걸어왔고 고단한 길이었다고
바람이 나를 대신하여 쭈뼛쭈뼛 말하고 있었다.
길가에 주저앉은 풀꽃들이 석양을 보며 쓸쓸해 하듯이
어쩔 수 없이 나 또한 하루를 닫고 커튼을 내려
몸을 무거히 눕히고
걸어온 날들을 향해 깊은 잠을 청한다.

수봉이 아저씨

이리 송학동 굴다리 소나무 위에는
학이 민속화를 그리고 있었다.
거기에 소나무가 있느냐고 어리석게 묻는 사람들은
가보면 안다. 비라도 오는 날에는 어김없이
화투 다섯 장이 물 찬 제비처럼 날아다닌다.
짓고 장땡이면 전錢들은 다 내 것이라고 수봉이 아저씨가
뒷전에서 목을 빼고 있는 사람들에게 개평이라며
인심을 개평처럼 쓰면 시계는 땡땡땡 통금을 울리며
또 짓고 땡이다. 이 판에도 확실하게 노가 났다고
선이자를 뗀 꽁지형님에게 데라를 얹혀주면서
오늘 일당은 건진 셈이라고
수봉이 아저씨가 킥킥거리는 밤.
그런 밤은 비 그친 하우스 밖의 달도 밝아
달을 보며 누는 오줌발도 세다.

소나무 위에서는 학이 밤새도록 달을 쪼아 대며
눈이 충혈 되도록 알을 낳고 있었는데
그게 아마 65년도였던가?
무슨 맘을 먹었는지 죽어도 화투판 근처는 가지 않겠다고
손가락을 짤라 낸 선수 수봉이 아저씨.
요즘에는 송학동 일기장 속에서
발가락으로 화투장을 들고 재수 패를 떼고 있다.

구들

소주 몇 병을 마시고 산중 어느 주막
구들장을 짊어져 본 사람은 안다.
길에도 끝이 있다는 것을
길 끝은 별 하나 뜨지 않는다는 것을
아궁이에 장작을 쑤셔 넣을 때
뱀 혓바닥 같은 불기둥이
방고래를 핥으며 구들장을 지나간 후
굴뚝으로 빠져나가는 것은
오장을 긁어대는 한 잔의 소주 같기도 하다.

소주잔을 떨어 부을 때마다 뜨거운 것이
목줄을 타고 내려가는 것도
생각해 보니
장작불이 구들장을 데우는 것이나 다를 게 없다.
주둥빼서 똥구멍까지
골목 같은 컴컴한 길을 뜨겁게 달군다는 것은
쑤셔 넣어도 닿지 않는 구들 같기도 하고
한 끼의 밥으로는 채울 수 없는 허기 같기도 하고

학교는 무엇을 가르쳤는가

지난가을 운동회에서 청백으로 갈라
승자와 패자를 만세 제창으로
극명하게 확인시켜 주었다. 학교는
말 잘 듣는 아이가 착한 아이라고
줄을 잘 서는 아이는 머리가 좋은 아이라고 가르쳤다.
출세를 위해서는 개가 되어
꼬리를 치는 일도 서슴치 말아야 한다고
기회주의자는 아무나 되는 게 아니라고
오르지 전진의 깃발 아래서는
거추장스러운 것들을 깡그리
밀어버려야 한다고 가르쳤다. 학교는
동지도 적이 되는 세상에서
아는 놈을 더 조심해야 한다고
부자가 되기 위해서는
얼굴에 철판을 까는 것은 기본이라고
아무렇지도 않게 말했다.
중요한 것은 오직 이기는 것뿐이라고
이기는 자가 가장 행복한 자라며 눈 하나 끔적하지 않았다.

어른이 되면 영호남으로 갈라서서 죽어서도
자기 땅을 지켜야 한다고
백 년 동안 학교가 우리 자식들에게 가르친 전부였다.

반추

돌아보는 것은 모두가 옛날이다.
추억도 돌아보면 저려오는데
하굣길 골목 포장마차에서
다이어트를 걱정하며
붕어빵을 우물거리는 계집아이들을 보니
불현듯 추억의 비린내가 난다.

국화빵이 희망이었던 시절
이리역 앞
저녁 통학차를 기다리던 허기도
따뜻하게 그리워지는데
설탕접시에 혀를 박고 핥아대던
마지막 국화빵 하나
국화꽃 향기로 흩어진다.

사는 일에 생채기가 난
쓸쓸한 저녁.
남루도 쓰다듬으면 쓰다듬을수록
따뜻한 그리움이 된다.

흔적

독사 한 마리 죽어 있다, 독을 품고
길바닥에 흔적 하나 남겼다.
차바퀴에 압사했는지
납작하다.
등줄기 선명하게 찍힌 타이어 자국 위로
아이들 몇 지나가는데
그 중 한 놈이 발로
툭 찬다. 옆에 가던 계집아이
기겁을 하며 달아나고
뒤따라가던 중년 사내는 사주를 생각하며
입맛을 쩝 다신다.
아래동네 차일은 팽팽히 긴장을 하고
흘러내리는 뱀가죽 허리띠를 두 손으로 추켜들고
몸을 흔들며 길을 가면

뱀은 발바닥이 없어도 흔적을 남겼다.

자전거를 타고 가다

자전거에 올라탔다. 그리고, 달리기 시작했다. 사람들
은 목적지를 성공이라고 말하기도 하고 어떤 이는 생의
끝이라고 짤라 말한다. 달리는 동안 완급조절을 잊은 채
페달을 밟았다. 무조건 달리는 게 최선이고 살아남는 일
이라고 생각했다. 무리는 타이어 바람이 빠지고 브레이
크가 뼈마디를 비벼대는 마찰음을 내기도 했다. 자전거
가 햇살을 싹둑싹둑 자르며 잘나가고 있다고 믿고 있는
동안 뼈대는 녹이 슬고 바퀴살은 하나 둘 부러져나갔다.

그렇다, 따지고 보면 인생도 자전거와 다를 바 없다.
사람이 늙어간다는 것, 늙었다는 것
자전거로 치면 닳고 녹슬고 헐거워져서 예전처럼
씽씽 달릴 수 없다는 것, 수명이 다해 간다는 징조다.
손봐가며 살살 달래가며 부려야 하는 게 자전거다.
섣불리 자전거포로 끌고 가 긁어 부스럼을 만들 필요
는 없다.

눈은 침침하고 귓속에서 자전거 방울소리가 나는 요즘
내가 자전거를 타고 가는 것인지 자전거가 나를 실고
가는 것인지 종잡을 수 없다.

밥그릇

사람들은 저마다
이 세상에 오면서 밥그릇 하나씩
받아가지고 온다. 그러나
살면서 늘
남의 밥그릇을 넘어다 보면서
내 밥그릇만 작다고 불만이 많다.
우리가 아무리
몸부림을 치면서 살아도
누구나
하루에 세 끼니 밥을 먹을 뿐이다.
그것을 안다면
더 이상 뭘 바라겠는가.
네 밥그릇
그 나마 발로 차지 마라.
깨진 밥그릇으로는
한 모금의 물조차 담을 수 없으니.

자판기

동전 세 개 넣으면 일반커피
네 개면 고급커피.
주는 대로 주겠다고 절대
거짓말은 안 한다고

자판기가
입학식 날 옆집 꼬마 연아처럼
초롱초롱한 눈으로 서 있다.
동전을 넣은 나도 다소곳이 서 있다.
난 소시민이니까 일반커피!
속삭이고는
한 참을 기다렸는데 묵묵부답이다.
어라. 이것 봐라. 나를 가지고 노네.
슬며시 부아가 치밀어
자판기의 가슴을 몇 대 쥐어박았다,
더 쳐보란 듯이 내 배 째란 듯이
꼼짝달싹하지 않는 자판기.
꿀 먹은 벙어리다.
열이 뻗쳐 자판기 앞정강이를 힘껏
걷어찼다.

아으, 내 발. 이 멍청한 놈.

손과 발

손바닥에 손금이 남았다는 것은
해야 할 일들을 다 하지 않았다는 것이다.
발바닥에 굳은살이 박히지 않았다는 것은
세상의 길을 대충대충 걸어 왔다는 것이다.

당연히 거친 땅에서 고단한 땀을 흘리리라.

보라.
소나무의 단단한 옹이와 대나무의 굵은 마디를.
옹이가 단단한 것은
비바람 눈보라를 견뎌낸 것이고
마디가 굵은 것은
삶의 마디마디 호흡을 가다듬었기 때문이다.

손과 발의 진정한 수고가 있을 때 삶은 빛난다.

술, 그 웬수

요놈의 술, 술 좋아하기를
여편네 속속곳보다 더 좋아한다. 나는
허구헌 날 마셔대도 왜 이리
질리지도 않는지 나도 모른다. 술자리
시작이야, 오늘은 쬐끔만
단단히 작심을 하고 분위기를 살피면서
강아지새끼 쥔 눈치 보듯이 술잔을 할짝거린다.
할짝거리면 할짝거릴수록 감질나는 술.
에라, 모르겠다. 아예 술통에 주둥이를 처박으면
일차가 서운해서 이차를 가고
입가심을 생맥주로 삼차를 하는 동안 새벽별 진다.
흔들리는 골목을 지나
발자국소리를 뒤로 감춘 채 현관에 들어서다
태산 하나 마주쳤다. 정신이 번쩍 나 고개를 들어보니
팔짱을 낀 채 버티고 서 있는 아내다. 지금까지
잠도 안 자고 뭐 하고 있는 거냐고 버럭 성질을 냈다.
아내는 간제미 눈을 뜨더니
바람소리를 내며 방문을 꽝 닫고 들어가 버린다.
뒤에 대고
그래 나는 똥꾼이다. 어쩔래. 큰소리를 쳤지만
나는 내 죄를 알고 어젯밤처럼 손을 들고 무릎을 꿇었다.
메아리가 없는 거실이 무덤 속처럼 적막하다.

대박

사람은 판단할 때 중요한 것 중 하나는
얼굴입니다.
얼굴이 밝고 웃음이 가득한 사람
보면 볼수록 기분 좋은 사람입니다.
얼굴은 마음의 표출이어서
마음이 곱고 아름다운 사람은 늘
웃는 얼굴입니다.
밝은 마음, 웃는 얼굴.
그 뿌리는 마음이라는 것을 아는 사람들은
마음이 환하여 표정도 밝습니다.
웃음 하나가
인생의 승패를 좌우한다는
평범한 진리를 우리는 잊고 삽니다.
마음먹기에 따라서
웃는 얼굴
바로 인생의 대박입니다.

오늘

지난날들을 돌아보면
좋았던 날보다 먼저 힘들었던 날들이 보인다.

오늘, 오늘이 사람들에게 이르기를
오늘은 너희가 살아온 날들의 마지막 날이고
너희가 가장 늙은 날이라고
오늘은 너희가 앞으로 살아갈 날들의 첫날이고
너희가 가장 젊은 날이라고
오늘 하루를 마지막인 듯이 오늘 하루가 시작인 듯이
최선을 다 하여 사는 사람들은
마지막 날까지 잘 살았다는 것이고
첫날의 시작을 잘했다는 것이다.
과거와 미래의 경계선인 오늘
추억 속으로 달려갈 것인지 희망을 향해 걸어갈 것인지
그것은 오르지 너희 몫이고 너희의 의지에 달려 있다.
그리하여, 사람들은 오늘
지나간 날들에게 감사해야 하고
다가오는 날들에 고마워해야 한다,

내일을 생각하며 다 잘 될 것 같은 예감으로
신날 일들만 있으리라 꿈꾸어야 한다고 오늘 말한다.

쇠파리와 황소

유유자적하며 되새김질하는
황소의 콧잔등에 앉아서
쇠파리가 코웃음을 치는 것을 보며
나는 지금까지 얼마나 큰 것을 열망하고
미물을 우습게 보았나를 생각한다.

궁핍을 씹는 날에도 몸은
이 땅 어디라도
가고 싶을 때 날아갈 수 있는
쇠파리의 일생을 조망하며
아침에 해가 떠
저녁 이슬이 내릴 때까지
과연 어떤 삶이 진정한가를 찾아본다.

쇠파리가 동선을 하늘 높게 늘일 때
황소는 말뚝 끝이
생의 전부라는 생각에
작고 가벼운 자유와
크고 우람한 구속의 색깔을 떠올린다.

편의점 1 – 쇠기둥

편의점 입구에는 한 아름은 됨직한 쇠기둥이
석가래도 없는 처마를 받치고 있다. 쇠기둥에도 등뼈가 있어
꼿꼿한 자세로 손님들을 맞이하고 있는 것이다.
때로는 거만한 자세가 눈총을 맞기도 하지만
쇠기둥은 한 번쯤 거만해지고 싶은 게다.
짤뚝한 목에 깁스를 하고
다리에 힘줄이 튀어나오도록 발바닥에 힘을 주고 있으리라.
한 아름의 쇠기둥이 되기 위하여 쇠같은 세월을
담금질 당했으리라. 그러지 않고서야
어찌 저리도 꼿꼿하랴. 눈에 힘도 들어갔으랴.

한 사내가 시의 하늘을 받치고 있다.
시인이냐고 물었다. 사내는
나는 절대 안시인이라며 손사래를 젖는다.
이마의 땀을 훔치며 묵묵히 쇠기둥이 되어 있었다.
그가 있어 이 땅의 시들은 푸르고
하늘에서는 밤마다 별들이 두 눈을 깜빡거린다.
편의점을 나가는 한 젊은이가 쇠기둥의 옆구리를 툭치면서
거만하게 서 있지 말라고 한다. 나는 알고 있다.
안시인이 거만을 떨고 있는 것이 아니라 몇몇 사람들이
마음의 문에 거만의 자물통을 채워 놓고 있었던 것이다.

편의점 2 – 연가

덕진공원에는 젊은 부부가 한 번 살아보겠다고
그것도 쩍지게 살아보겠다고
억척스레 24시간 편의점을 운영하고 있다.
겨우내 편의점을 들릴 때마다
썰렁한 날이 많아 내 마음이 더 심난했는데
봄이 와 여기저기 꽃가슴이 봉긋봉긋 부풀어 올라
공원 행사 덕분에
오늘은 손님들이 바글바글 돗대기시장이다.

철제금고를 불나게 여닫던 아내가
돈 냄새에 발정을 했는지
남편에게 야릇한 시선을 보낸다.
남편이 감 잡았다며 엄지와 검지로
동그라미를 만들어 보이면서 입술말로 따봉을 외친다.
누구 한 사람 그들의 수작을 본 사람이 없었지만
나는 알아차렸다.
아마, 저 부부는 오늘 밤 틀림없이 일을 낼 것 같다.

방금 산 로또복권이 내 호주머니 속에서
돌처럼 단단해졌다.
나도 오늘 밤
내 여자의 튼튼한 허벅지를 걸치고 싶다.

꿈

　그 여자가 나를 데리고 간 곳은 백화점 시계판매 코너
였다. 금장시계를 골라 손목에 채워주며 그 여자가 웃었
다. 나도 따라 웃었다. 우리들의 마음은 금빛이었다.

　시작종이 울릴 때도 시계를 봤다.
　끝 종이 울릴 때도 시계를 봤다. 하루에도
　수십 번씩 그 시계를 봤다. 시간이
　내 삶의 동선을 축음기판 돌아가듯이
　돌아가던 어느 날 아침, 나는 눈을 떴고 시계는 죽었다.
　간밤에 무슨 꿈을 꿨던가? 꿈을 따라갔다.
　시퍼런 시계자국이 오랫동안
　팔목에서 수갑이 되어 내 생을 옥죄고 있었다.
　한 생을 그 시계로부터 도망치지 못하고 애를 태우며
　몸부림치는 동안 시계 속에서 그 여자가 옛날처럼 웃고
있었다.

　그 여자를 닮은 목련이 열 번도 더 피고 진다. 내가 목련
을 바라보듯이 그 여자도 내 생을 들여다보고 있는지 아니
면 시간도 오래되면 낡고 사랑도 오래되면 죽는다는 것을
알고 있는지 나는 시계의 주검에게 물었다.

귀

하루종일 귀가 따갑도록 들었다. 그것들이
어떤 소리였는지 아니면 말이었는지
알고 있는 것은 두 귀 뿐이었다.
귀가 두 개인 것도 귓바퀴가 큰 것도
많이 듣되 허투루 듣지 말라는 뜻이다.
담을 수만 있다면 흘리지 말고 다 담아
누구나 가슴 따뜻이 채워야 한다고 했을 것이고 귀는
귓구멍이 터널처럼 뻥 뚫린 것이 아니고 동굴 같은 것은
말들이 꾸불꾸불하고 습한 귓속을 굴러 들어오는 동안
날카로운 모서리를 갈고 닦아서
둥글고 빛나는 말들만 담으라는 것이리라.
유년의 내 할아버지는
염생이 귀 같은 귀를 매만지면서 생각을 걷어 올리다가
갑자기 누군가를 미워해야겠다고 하는 말을 찾아냈는지
귀를 쫑긋 세워 새끼손가락으로 후비고는
긴 손톱을 튕기거나 손톱 밑에 낀 귀지를
훅-불어대던 것이나
흐르는 물에 두 귀를 씻기도 한 것은
아마 들어서는 안 될 말을 들었기 때문에 그리했었으리라.

그 때, 귓구멍 속의 캄캄한 세상
허튼 이야기들이
석순과 종유석처럼 천정에서 거꾸로 자라기도 했을 것이고
벽에서 죽순처럼 뚫고 나오는 것인지도 모른다고
그리하여 더럽고 치사한 말들이 귀지처럼 쌓였을 것이라고
또 엉뚱한 생각을 하기도 했다.
그런 쓸데없는 생각을 하는 동안에도
들려오는 수 없는 말들이 또 까닭 없이 슬퍼지게 한다.
귀는 듣기 위해서 듣는 것이 아니었다고
귀는 들어주기 위해서 있는 것이라고
이 세상의 모든 소리들이 귀를 향해 밀려 와 잠시 머물다가
다시 흩어질 것을 알고 있다
외이에 집음된 소리가 달팽이관에 다다라 말이 되는 동안
길은 멀게 느껴지기도 하고
삶을 마감하는 그림자가 지상으로 내려지는 순간까지
말들은 귓전을 어지럽혀도
귀를 닫고 슬퍼진 일들을 생각해내고 싶은 저녁에도
두 귀는 한 번도 귀를 닫아 본 적이 없다.
그러나, 하루에도 몇 번씩
귀를 닫았다 열었다 하면서 뜨끈뜨끈한 말들만
마음의 창고에 쌓아두는 것이 어떻겠느냐며
나는 내 두 귀에게 물었다.

겨울 병사

삼일 밤, 삼일 낮
눈보라 속의 행군이 계속된다.
오십분 걷고 십분간 휴식
또
오십분 걷고 십분간 휴식
계속되는 행군.
완전군장의 무거움도 배고픔의 고통도
다 참아낼 수 있다.
그러나, 밀려오는 잠.
밀려오는 잠만은
어떻게 해볼 수가 없다.
다만
행군을 하면서 눈을 뜬 채 자야 한다.

눈을 뜨고 자는 병사들이 있기 때문에
삼천리강산이 눈을 감고 깊은 잠을 잔다.

막다른 골목

길을 가면서 누구나 막다른 골목에 부딪힌 때가 한 번 쯤은 있었으리라. 주소 한 장 달랑 들고 누군가를 찾아 가고 있을 때, 지름길이 있을 것 같아 골목을 요리조리 찾아가고 있을 때, 막다른 골목을 만나 묘한 기분을 느 꼈으리라. 더 이상 나갈 길이 없다고 생각되었을 때 막 막했으리라. 당황했으리라.

생각해 보면 삶에도 막다른 골목이 있다. 앞으로 나갈 수도 없고 돌아갈 수도 없을 때 절망이라고 생각되어 삶 은 캄캄하리라. 불길한 예감이 머리를 스쳐가고 가슴 답 답하리라. 그러나, 삶의 막다른 골목에 서 있다는 것은 더 이상 나빠질게 없다는 뜻이다. 주저앉아 있을 때가 바닥을 치고 일어날 때다. 막다른 골목에도 빛은 있다.

장애우에게 바치는 노래

우리라고 길이 없겠는가.

우리라고 길을 모르겠는가.

빛을 잃었다고 해서 광명의 환희를 모르랴.

보이지 않으면 평생을 바쳐 더듬어 찾아가리.

소리를 잃었다고 해서 그대의 노래조차 잊었으랴.

들리지 않으면 마음의 창을 열어 놓으리.

말을 잃었다고 해서 생각조차 잊었으랴.

수화로 사랑하고 눈짓으로 그대를 보내리.

사지가 불편하여 몸뚱이가 거부하면

기어서 가리. 뒹굴어서 가리.

그대에게 가는 길이 멀고 험하다 할지라도

온몸으로 가리. 뜨겁게 가리.

삶의 전부가 고통일지라도 결코 눈물은 보이지 않으리.

보이는 것이 다 빛이 아니요.

들리는 것이 다 소리가 아니요.

말이라고 해서 다 말이 아니요.

길이라고 해서 다 길이 아니듯이 가고 싶어도

못 가는 길이 있고 싫어도 가야 할 길이 있다네.

우리들이 가는 길은 조금 힘들 뿐, 노력의 주문일 뿐.

우리라고 해서 왜,

길을 모르겠는가.

왜, 우리라고 해서 길이 없겠는가.

풍자냐, 자살이냐?

— 정성수 시인의 시집을 읽고 —

시인·우석대 문예창작학과 교수 **안도현**

정성수 시인의 시집 원고를 읽으면서 저 70년대 김지하의 일갈이 번쩍 떠올랐다. 그것은 주어진 시대를 짊어지고 가야 하는 지식인의 고통스런 신음 같은 것이었다. 지금, 정성수 시인의 시를 통해 그 신음소리를 다시 듣는다. 애초부터 고요한 관조의 미학 따위는 안중에 없다는 듯 시가 들끓고, 끓어 넘치고, 요동치고, 부딪치고, 출렁이고, 솟아오르기를 주저하지 않는다. 좀 거창하게 말하면 인식의 피 터지는 육박전이다.

떨어지는 꽃이다. 똥이
단애의 절벽 아래로 떨어지면서도
두려워하지 않는 것은
굴속 같은 창자를 빠져 나오는 동안
삶이 치열했기 때문이다.

— 「똥 2-낙화」 부분

시인이 대상을 어떻게 인식하고 있는가를 잘 보여주는 「똥 2-낙화」라는 작품이다. 남들이 하찮게 여기는 '똥'을 '꽃'으로 인식하는 역설의 힘이 서늘하게 느껴진다. 과정이 치열했기에 그 결과를 두려워하지 않는다는 생각은 생에 대한 자신감의 표현이라고 할 수 있다. 그 자신감은 시집 도처에서 자기반성, 혹은 자기성찰의 형태로 미학적 기반을 갖추고 있다. 마치 "칼에게 몸을 내주면서/상처를 받는다"는 저 넉넉한 도마처럼.